रिश्तों की राह: प्यार, शादी और समझदारी

गणेश सिंह कुँवर

Made with ♥ on the Notion Press Platform
www.notionpress.com

यह किताब उन सभी लोगों को समर्पित है जो रिश्तों में पूरे दिल से जुड़े हैं, लेकिन कभी-कभी खुद को अकेला महसूस कर लेते हैं। उन दिलों के नाम जो प्यार तो करते हैं, पर हर बार समझे नहीं जाते। उन रिश्तों के लिए जो टूटे नहीं, बस समय, ज़िम्मेदारियों और अनकही बातों के बोझ तले थक गए।

यह उन लोगों के लिए है जो आज भी मानते हैं कि प्यार सिर्फ़ एक एहसास नहीं, बल्कि रोज़-रोज़ निभाने की ज़िम्मेदारी है। जो मुश्किल हालात में भी रिश्ते छोड़ने के बजाय उन्हें समझने और संभालने की कोशिश करते हैं। अगर यह किताब किसी एक पाठक को भी यह एहसास दिला सके कि वह अपने संघर्ष में अकेला नहीं है, तो यही इस समर्पण का सबसे बड़ा मकसद होगा।

With gratitude & love,

Ganesh Singh kunwar

क्रम-सूची

क्रम-सूची

प्रस्तावना

रिश्तों की राहः प्यार, शादी और समझदारी

रिश्ते हमारी ज़िंदगी की सबसे खूबसूरत सच्चाई हैं, लेकिन साथ ही सबसे ज़्यादा उलझे हुए भी। हम सब प्यार चाहते हैं, समझ चाहते हैं, साथ चाहते हैं—लेकिन अक्सर यह नहीं जानते कि इन सबको निभाया कैसे जाए। यही उलझन, यही सवाल और यही तलाश इस किताब की नींव बनी।

यह किताब किसी परफेक्ट रिश्ते की कहानी नहीं है, बल्कि **असल ज़िंदगी के रिश्तों की सच्ची तस्वीर** है। उन रिश्तों की, जहाँ प्यार होता है लेकिन गलतफहमियाँ भी होती हैं। जहाँ साथ निभाने की चाह होती है, लेकिन Ego, expectations और communication gap रास्ते में आ जाते हैं। जहाँ लोग एक-दूसरे से प्यार तो करते हैं, लेकिन एक-दूसरे को समझना भूल जाते हैं।

अक्सर हम सोचते हैं कि प्यार काफ़ी है। कि अगर feelings सच्ची हों, तो रिश्ता अपने आप चल जाएगा। लेकिन समय के साथ यह साफ़ होता है कि रिश्ते सिर्फ़ भावनाओं से नहीं चलते। उन्हें **समझ, धैर्य, सम्मान और रोज़ की छोटी-छोटी कोशिशों** की ज़रूरत होती है। प्यार शुरुआत हो सकता है, लेकिन समझदारी ही रिश्ते को मंज़िल तक पहुँचाती है।

इस किताब में आपको कोई उपदेश नहीं मिलेगा, बल्कि ऐसे एहसास मिलेंगे जिनसे आप खुद को जोड़ पाएँगे। यह किताब उन लोगों के लिए है जो प्यार में हैं, शादी में हैं, उलझन में हैं, या अपने रिश्ते को बेहतर बनाना चाहते हैं। यहाँ आपको जवाबों से ज़्यादा आईने

मिलेंगे—ताकि आप अपने रिश्ते को खुद समझ सकें।

अगर इस किताब का एक भी पन्ना आपको यह महसूस करा दे कि
“मैं अकेला/अकेली नहीं हूँ, मेरी feelings भी जायज़ हैं”
तो यही इसकी सबसे बड़ी कामयाबी होगी।

यह किताब आपको यह याद दिलाने के लिए है कि—
रिश्ते perfect नहीं होते,
लेकिन सच्चे हों तो
हर imperfect हालात में भी
खूबसूरत बन सकते हैं।

- लेखकः गणेश सिंह कुँवर

पावती (स्वीकृति)

“रिश्तों की राह: प्यार, शादी और समझदारी” जीवन के उन अनमोल रिश्तों की कहानी है जो प्यार से शुरू होकर समझदारी तक पहुँचते हैं। यह किताब बताती है कि प्यार सिर्फ एक भावना नहीं, बल्कि दो आत्माओं के बीच गहराई से जुड़ने की प्रक्रिया है। शुरुआत में जहाँ दिल की धड़कनों में मोह और आकर्षण होता है, वहीं आगे चलकर यही रिश्ता शादी के बंधन में बदलता है — जहाँ वादे, ज़िम्मेदारियाँ और एक-दूसरे के लिए समर्पण जुड़ जाता है।

कहानी यह भी दिखाती है कि सिर्फ प्यार ही नहीं, बल्कि समझदारी, विश्वास और सम्मान ही किसी रिश्ते की असली नींव होते हैं। जब दो लोग एक-दूसरे की भावनाओं को समझना सीख जाते हैं, तब उनका रिश्ता हर तूफ़ान में भी अडिग रहता है। यह किताब सिखाती है कि सच्चा रिश्ता वही है जो वक्त, दूरी और हालात के हर इम्तिहान में भी अपनी चमक बरकरार रखे।

1

Understanding क्या हैं - रिश्ते में समझ की अहमियत

किसी भी रिश्ते की मजबूती सिर्फ प्यार या इज़हार से तय नहीं होती, बल्कि उस रिश्ते की असली गहराई **Understanding** (समझ) से पता चलती है।

Understanding का मतलब है सामने वाले को उसके असली रूप में स्वीकार करना—उसकी अच्छाइयों के साथ-साथ उसकी कमज़ोरियों को भी। प्यार अक्सर दिल से होता है, लेकिन समझ दिमाग़ और दिल दोनों से मिलकर बनती है। जब हम अपने partner की बात बिना टोके सुनते हैं, जब हम उनकी चुप्पी के पीछे छिपे दर्द को पहचान लेते हैं, जब हम उनके ग़ुस्से के पीछे छिपी लाचारी को समझ लेते हैं, तो यही असली Understanding है।

रिश्ता तभी आगे बढ़ता है जब दोनों एक-दूसरे की सोच, आदतें, और हालात को समझने लगते हैं।

सिर्फ खुशियों में साथ होना काफी नहीं, बल्कि मुश्किल हालात में भी partner की नज़र से दुनिया को देख पाना ही समझदारी है।

Understanding **का मतलब सिर्फ ये नहीं कि हम सहमत हों, बल्कि ये है कि हम सामने वाले की नज़र से भी सोचने की कोशिश करें।**

इसीलिए कहा जाता है—

"जहाँ प्यार है वहाँ रास्ता मिल जाता है,लेकिन जहाँ समझ है वहाँ मंज़िल पक्की हो जाती है।"

Relationship में पार्टनर को समझना क्यों ज़रूरी है?

किसी भी रिश्ते की असली नींव **समझ** (Understanding) होती है। सिर्फ़ प्यार करना काफी नहीं होता, बल्कि यह समझना भी ज़रूरी होता है कि आपका पार्टनर क्या महसूस करता है, क्या चाहता है और किस दौर से गुजर रहा है।

जब आप अपने पार्टनर को समझते हैं, तो छोटी-छोटी गलतफहमियाँ बड़ी लड़ाइयों में नहीं बदलतीं। आप उसकी बातों को सिर्फ़ सुनते नहीं, बल्कि उसके जज़्बातों को भी महसूस करते हैं। इससे उसे यह एहसास होता है कि "***कोई है जो मुझे सच में समझता है।***"

समझदारी रिश्ते में

- भरोसा बढ़ाती है
- झगड़े कम करती है
- और अपनापन मजबूत बनाती है

हर इंसान अलग होता है – उसकी सोच, उसका डर, उसकी खुशियाँ। जब आप इन बातों को समझते हैं, तो रिश्ता सिर्फ़ प्यार का नहीं, बल्कि **साथ निभाने का** बन जाता है।

क्योंकि सच्चा रिश्ता वही होता है,जहाँ दिल से चाहा जाएऔर समझदारी से निभाया जाए।

Example:

मान लो आपका पार्टनर अचानक चुप रहने लगा है और पहले जैसा खुलकर बात नहीं कर रहा। अगर आप सिर्फ़ इतना सोचें कि "***वो मुझे***

इग्नोर कर रहा है", तो गलतफहमी बढ़ सकती है। लेकिन जब आप उसे समझने की कोशिश करते हैं और प्यार से पूछते हैं – *"सब ठीक है? कुछ परेशान कर रहा है क्या?"* – तब आपको पता चलता है कि वो काम या पढ़ाई के तनाव से गुजर रहा है। अब आप उसे डांटने के बजाय उसका सहारा बनते हैं। यही समझदारी रिश्ते को बचाती है और दोनों को और करीब लाती है।

यही होता है पार्टनर को समझना – बिना जज किए, दिल से महसूस करना।

Relationship Understanding क्या होती हैं?

किसी भी रिश्ते में समझ (Understanding) अपने आप नहीं आ जाती, बल्कि इसे धीरे-धीरे सीखा और निभाया जाता है। पार्टनर को समझने के लिए सबसे पहले ज़रूरी है कि हम उसकी बातों को ध्यान से सुनें, बिना बीच में टोके। फिर उसकी भावनाओं को हल्के में न लें, बल्कि यह समझने की कोशिश करें कि वह क्या महसूस कर रहा है।

साथ ही, हर बात पर तुरंत रिएक्ट करने के बजाय थोड़ा शांत रहकर सोचें, ताकि गलतफहमी न बने। खुलकर बात करना, ईमानदारी से अपनी feelings बताना और सामने वाले को भी बोलने का मौका देना रिश्ते को मज़बूत बनाता है। सबसे ज़रूरी बात यह है कि हम जज करने के बजाय समझने की कोशिश करें, क्योंकि हर इंसान अपनी जगह सही महसूस करता है।

आख़िर में याद रखो:

समझ कोई जादू नहीं, बल्कि एक कोशिश है – रोज़ की, सच्ची और दिल से की गई।

अब बात करते हैं कि Understanding बढ़ाने के कुछ आसान तरीके कौन-से हैं....

1. ध्यान से सुनो, बीच में मत टोको

कई बार जब हमारा पार्टनर कुछ कहना चाहता है, तो वह सिर्फ़ सुने जाना चाहता है, न कि तुरंत सलाह या जवाब। अगर हम बीच-बीच में बोलते रहें, तो उसे लगता है कि उसकी बात उतनी ज़रूरी नहीं है। ध्यान से सुनना यह दिखाता है कि आप उसकी feelings की क़दर करते हैं। इससे सामने वाले को सुकून मिलता है और रिश्ता और गहरा होता है।

2. उसकी feelings को हल्का मत समझो

अगर आपका पार्टनर किसी बात से दुखी है, तो यह मत कहो कि "इतनी सी बात पर क्यों परेशान हो?"
हर इंसान अलग तरह से महसूस करता है। जो बात आपको छोटी लगे, वह उसके लिए बड़ी हो सकती है। उसकी feelings को सम्मान देने से उसे यह एहसास होता है कि वह इस रिश्ते में सुरक्षित है।

3. गुस्से में रिएक्ट करने से पहले सोचो

गुस्से में बोले गए शब्द अक्सर दिल तोड़ देते हैं। उस समय हम सही-गलत नहीं देखते, बस अपनी भड़ास निकालते हैं। अगर थोड़ा रुककर, शांत होकर बात करें, तो वही बात बिना झगड़े के भी कही जा सकती है। समझदारी से बोलना रिश्ते को बचाता है।

4. खुलकर बात करो

मन में बात दबाने से गलतफहमियाँ बढ़ती हैं। अगर कोई बात आपको परेशान कर रही है, तो प्यार से कह दो। जब आप ईमानदारी से अपनी feelings शेयर करते हो, तो सामने वाला भी खुलकर बात करता है।

इससे रिश्ता साफ़ और मज़बूत बनता है।

5. जज मत करो, समझने की कोशिश करो

हर इंसान की सोच, परवरिश और अनुभव अलग होते हैं। तुरंत यह कहना कि "तुम गलत हो" रिश्ते में दूरी ला देता है। बेहतर है पहले यह समझना कि सामने वाला ऐसा क्यों सोच रहा है। समझने की कोशिश रिश्ते को जोड़ती है।

6. छोटी-छोटी बातों का ध्यान रखो

उसकी पसंद, नापसंद, डर, आदतें – ये सब छोटी बातें लगती हैं, लेकिन यही बातें सामने वाले को खास महसूस कराती हैं। जब आप इन बातों का ध्यान रखते हो, तो उसे लगता है कि आप सच में उसे समझते हो।

हमेशा याद रखिए:

Understanding कोई जादू नहीं है, यह रोज़ की छोटी कोशिशों से बनती है। जब आप दिल से सुनते हो, इज़्ज़त से समझते हो
और प्यार से बात करते हो, तो रिश्ता अपने आप मज़बूत हो जाता है।

क्यों रिश्तों मेंसमझना, समझानेसे ज़्यादा ज़रूरी है?

रिश्तों में सबसे बड़ी ज़रूरत होती है – **अपनापन और भावनात्मक जुड़ाव।**
जब हम किसी को समझाते हैं, तो हम अक्सर यह जताने की कोशिश करते हैं कि *हम सही हैं* और *सामने वाला गलत*। इससे सामने वाले को लगता है कि उसकी feelings को सुना नहीं जा रहा, बस उसे बदला जा रहा है।

लेकिन जब हम **समझते हैं**, तो हम यह कहते हैं –
"मैं तुम्हारी बात, तुम्हारा दर्द और तुम्हारी सोच को महत्व देता/देती हूँ।"

समझना मतलब यह नहीं कि आप हर बात से सहमत हैं,
बल्कि इसका मतलब है कि आप सामने वाले की **भावनाओं की इज़्ज़त** कर रहे हैं।

रिश्ते तर्क से नहीं, **एहसास से चलते हैं।**

जब इंसान खुद को समझा हुआ महसूस करता है, तो वह अपने आप बदलने, सुधारने और जुड़ने के लिए तैयार हो जाता है। लेकिन जब उसे बार-बार समझाया जाता है,
तो वह दूर होने लगता है।

Conclusion:

Understanding सिर्फ़ एक अच्छी आदत नहीं, बल्कि हर रिश्ते की मजबूत नींव होती है। जब आप अपने पार्टनर की भावनाओं को सच में समझते हैं, तो उन्हें यह एहसास होता है कि उनकी बातों को सुना ही नहीं जा रहा, बल्कि महसूस भी किया जा रहा है। किसी भी रिश्ते में प्यार ज़रूरी होता है, लेकिन Understanding उससे भी ज़्यादा टिकाऊ होती है। प्यार एक एहसास है, जबकि Understanding एक ऐसी समझ है जो हर हाल में साथ निभाती है।

सच्चा रिश्ता वही होता है जहाँ दोनों लोग एक-दूसरे को सिर्फ़ सुनते नहीं, बल्कि दिल से समझते हैं। क्योंकि Understanding वो पुल (bridge) है, जो दो दिलों को हमेशा जोड़े रखता है।

Always remember:

> "*"चुप रहकर समझना, बोलकर समझाने से ज़्यादा गहरा होता है।"*"

2

रिश्ते में साथ (Support) देने का सही अर्थ

हर रिश्ता कई इम्तिहानों से होकर गुजरता है—कभी खुशियों के पल, तो कभी मुश्किलों के तूफ़ान। ऐसे में किसी रिश्ते की असली पहचान सिर्फ प्यार से नहीं, बल्कि Support (सहारा और साथ) से होती है।

साथ (Support) का मतलब सिर्फ खुशियों में ताली बजाना नहीं है। असली support तो तब दिखता है जब हालात उल्टे हों, दुनिया साथ न दे, और फिर भी कोई आपके साथ मजबूती से खड़ा हो।

जब दुनिया आप पर शक करे और आपका साथी कहे—**"मुझे तुम पर यक़ीन है।"**

जब आप थककर गिर जाएँ और कोई चुपचाप हाथ बढ़ाकर आपको संभाले। जब पूरी दुनिया खिलाफ हो, लेकिन एक इंसान आपके लिए ढाल बनकर खड़ा हो जाए—यही है support।

Support का मतलब सिर्फ़ मुश्किल घड़ी में हाथ थामना ही नहीं है, बल्कि हर उस पल साथ रहना है जब आपका partner खुद को अकेला या कमजोर महसूस करे।

एक सच्चा रिश्ता वही है जहाँ दोनों एक-दूसरे का सहारा बनते हैं — चाहे हालात कितने भी उलझे हुए क्यों न हों।

Support वो invisible ताक़त है जो रिश्ते को टिकाऊ और भरोसेमंद बनाती है। Support का अर्थ है हर हाल में साथ देना—चाहे हालात आसान हों या मुश्किल। आसान वक्त में support खुशी को दोगुना कर देता है। और कठिन वक्त में support इंसान को टूटने से बचा लेता है। रिश्ते में support सिर्फ practical मदद नहीं है, बल्कि emotional ताक़त भी है। कई बार इंसान को solution नहीं चाहिए होता, बस ये अहसास चाहिए होता है कि "तुम अकेले नहीं हो।"

इसीलिए कहा जाता है—

"प्यार वो है जब तुम मेरे दिल में हो,
लेकिन support वो है जब तुम मेरे साथ खड़े हो।"

Support सिर्फ़ पैसे या काम से जुड़ा नहीं होता... दिल और दिमाग से भी होता है:

अक्सर लोग सोचते हैं कि support मतलब financial help करना या physical मौजूद रहना। लेकिन असली **support** तब होता है जब आपका partner emotionally टूट रहा हो, confusion में हो या थक चुका हो — और आप उसे महसूस कराओ कि "तुम अकेले नहीं हो, मैं तुम्हारे साथ हूँ।"

यही support एक साधारण रिश्ते को lifetime bond में बदल देता है।

Support की असली ताक़त – जब आप सच में साथ खड़े होते हो।

ज़िंदगी में ऐसे कई पल आते हैं जब इंसान अंदर से टूट जाता है—कभी सेहत की वजह से, तो कभी अपने सपनों की जंग में हारकर। ऐसे समय पर शब्द बहुत भारी होते हैं। मान लीजिए आपका पार्टनर किसी बीमारी

या health issue से जूझ रहा है। अगर आप कह दें,
"तुम तो हमेशा weak ही पड़ जाते हो," तो उसका मन और ज़्यादा टूट जाएगा।

लेकिन अगर आप प्यार से कहें, **"चिंता मत करो, मैं तुम्हारे साथ हूँ... डॉक्टर के appointments हों या medicines, सब हम मिलकर संभालेंगे,"** तो उसे लगेगा कि वह अकेला नहीं है, कोई है जो हर कदम पर उसके साथ खड़ा है।

इसी तरह, जब आपका पार्टनर अपने सपनों को लेकर संघर्ष कर रहा हो—चाहे business हो या exams—और आप कह दें, **"ये मुश्किल है, तुमसे नहीं होगा,"** तो उसका आत्मविश्वास और गिर जाएगा।

लेकिन अगर आप कहें, **"मुझे तुम पर भरोसा है। तुम चाहे जितनी बार गिरो, मैं हर बार तुम्हें संभालने के लिए यहीं रहूँगा/रहूँगी,"** तो वही इंसान खुद को फिर से मजबूत महसूस करेगा और पूरी ताक़त से आगे बढ़ेगा।

यही होती है **Support की असली ताक़त**— अपने पार्टनर को यह एहसास दिलाना कि **"तुम कभी अकेले नहीं हो, मैं हर हाल में तुम्हारे साथ हूँ।"** क्योंकि कभी-कभी एक सच्चा साथ, पूरी दुनिया की ताक़त से ज़्यादा मजबूत होता है।

रिश्ते में साथ निभाने का असली मतलब क्या होता है?

साथ (Support) देने का मतलब सिर्फ़ advice देना या हर problem का solution निकालना नहीं होता। कभी-कभी सबसे बड़ा support बस सुनना होता है – बिना judge किए, बिना interrupt किए।

जब आपका partner अपना दर्द या अपनी बातें share करे, तो उस वक्त उसके emotions को feel करना ज़्यादा important होता है। सिर्फ़ चुपचाप उसकी बातों को ध्यान से सुनना, कभी उसका हाथ पकड़ लेना, या आँखों में आँखें डालकर यह कहना –
"मैं यहीं हूँ, तुम अकेले नहीं हो,"
यही छोटे-छोटे पल उसके लिए सबसे बड़ा सहारा बन जाते हैं।

Support का असली मतलब यही है कि आप अपने partner को यह महसूस कराओ कि जो भी phase हो, जो भी struggle हो –
"हम दोनों एक team हैं, और हर situation को मिलकर face करेंगे।"

क्योंकि सच्चा साथ वही होता है, जो शब्दों से नहीं, एहसास से महसूस होता है।

खामोश मौजूदगी – जब चुप रहना भी सहारा बन जाए।

1. चुप रहकर साथ देना भी Support होता है

हर दर्द का जवाब शब्दों में नहीं होता। कई बार इंसान बस यह चाहता है कि कोई उसके पास बैठ जाए, बिना कुछ पूछे, बिना कुछ कहे। जब आप चुपचाप किसी के साथ रहते हो, तो आप उसे यह एहसास दिलाते हो कि "मैं तुम्हारे साथ हूँ, चाहे कुछ भी हो।"
यह खामोश साथ अक्सर सबसे बड़ा सहारा बन जाता है।

2. Support मतलब हर बात पर "हाँ" कहना नहीं

सच्चा Support वो नहीं जो हर फैसले में साथ दे, बल्कि वो है जो गलत रास्ते पर प्यार से रोक सके।
अगर आपका partner गलती कर रहा है, तो उसे सही दिशा दिखाना भी Support है। क्योंकि जो इंसान सच बोलता है, वही असल में आपकी फिक्र करता है।

3. खुद को खोकर दिया गया Support टिकता नहीं

अगर आप हर बार अपनी जरूरतें, अपनी थकान और अपनी खुशी को नजरअंदाज़ करके सिर्फ़ दूसरे के लिए जीने लगते हो, तो धीरे-धीरे अंदर से टूटने लगते हो।

सच्चा Support वही होता है जहाँ आप भी ठीक रहें और सामने वाला भी।

4. छोटे Actions, बड़े Words से ज़्यादा असर करते हैं

"मैं तुम्हारे साथ हूँ" कहना आसान है,
लेकिन रात में साथ बैठ जाना, बिना बोले समझ जाना, ज़रूरत के समय पास रहना
— ये सब शब्दों से ज़्यादा गहरा असर करते हैं।
क्योंकि प्यार बोला नहीं जाता, निभाया जाता है।

5. Support Confidence बढ़ाता है, Dependence नहीं

असली Support किसी को कमजोर नहीं बनाता, बल्कि उसे मजबूत बनाता है।
ऐसा Support जो कहे – "तुम कर सकते हो, मुझे तुम पर भरोसा है।"
यह इंसान को खुद पर विश्वास करना सिखाता है, ना कि किसी पर पूरी तरह निर्भर रहना।

निष्कर्ष (Conclusion)

Support किसी रिश्ते की सबसे मजबूत नींव होती है। यह सिर्फ़ मुश्किल वक्त में साथ खड़े होने का नाम नहीं, बल्कि हर छोटे-बड़े पल में यह एहसास दिलाने का तरीका है कि "*तुम अकेले नहीं हो।*"
सच्चा Support वह होता है जिसमें अपनापन, समझदारी और ईमानदारी हो। जहाँ शब्दों से ज़्यादा कर्म बोलें, और साथ निभाने की भावना दिल से निकले। जब दो लोग एक-दूसरे को सहारा देते हैं, बिना शर्त, बिना दिखावे – तब रिश्ता सिर्फ़ चलता नहीं, बल्कि मज़बूती से आगे बढ़ता है।

याद रखिए...

**"Support का मतलब किसी का हाथ पकड़कर चलाना नहीं,
बल्कि उसे इतना मजबूत बनाना है
कि वह खुद अपने कदमों पर चल सके।"**

3

Adjustment vs Compromise - असल फर्क क्या है?

हर रिश्ता शुरुआत में आसान लगता है— दो लोग मिलते हैं, बातें करते हैं, हँसते हैं, एक-दूसरे को समझते हैं, और धीरे-धीरे एक "comfort zone" बन जाता है। लेकिन जब ज़िंदगी असली मोड़ लेती है— जिम्मेदारियाँ बढ़ती हैं, expectations बढ़ती हैं, life pressure बढ़ता है— तब relationship एक असली परीक्षा से गुजरता है।

रिश्ते की शुरुआत में सब आसान लगता है — दो लोग मिलते हैं, बातें करते हैं, हँसते हैं, एक-दूसरे को समझने की कोशिश करते हैं। लेकिन जैसे-जैसे समय आगे बढ़ता है, जिम्मेदारियाँ बढ़ती हैं, expectations बढ़ती हैं और life का pressure भी relationship पर असर डालने लगता है। ऐसे समय में दो शब्द सबसे ज्यादा सामने आते हैं — "Adjustment" और "Compromise"। अक्सर लोग इन दोनों को एक जैसा समझ लेते हैं, लेकिन सच यह है कि दोनों में बहुत बड़ा फर्क होता है।

Adjustment का मतलब होता है रिश्ते को मजबूत बनाने के लिए थोड़ा बदलना, थोड़ा समझना और कभी-कभी अपने comfort zone से बाहर आना, लेकिन खुद की पहचान खोए बिना। इसमें दोनों लोग एक-दूसरे की feelings, habits और situations को समझते हैं। जैसे अगर आपका partner किसी बात से hurt हो जाता है, तो आप अपनी आदत को थोड़ा बदलने की कोशिश करते हो ताकि रिश्ता अच्छा रहे। यहाँ आप खुद को खत्म नहीं कर रहे होते, बल्कि relationship को बेहतर बनाने के लिए balance बना रहे होते हो। Adjustment में respect, understanding और प्यार छुपा होता है।

वहीं Compromise तब शुरू होता है जब इंसान बार-बार अपनी खुशी, feelings और सपनों को दबाने लगता है, सिर्फ इसलिए कि रिश्ता टूट न जाए। जब हर बार सिर्फ एक ही इंसान झुकता है, अपनी जरूरतों को ignore करता है और खुद को बदलते-बदलते खुद को ही खोने लगता है, तब वो adjustment नहीं बल्कि compromise बन जाता है। शुरुआत में शायद ये प्यार लगे, लेकिन धीरे-धीरे यही चीज इंसान को अंदर से थका देती है।

असल में एक healthy relationship वही होता है जहाँ Adjustment दोनों तरफ से हो, लेकिन Compromise इतना न हो कि इंसान खुद को ही खो दे। क्योंकि प्यार का मतलब खुद को मिटाना नहीं, बल्कि एक-दूसरे को समझते हुए साथ चलना होता है।

इस chapter में हम बहुत गहराई से समझेंगे— Adjustment और Compromise का फर्क, कब कौन सा जरूरी है, कब क्या गलत है, और कैसे यह फर्क समझकर हम अपना रिश्ता बचा सकते हैं।

Adjustment दो तरफ़ा होता है, Compromise एक तरफ़ा

Adjustment तभी possible है जब दोनों partners equal effort देते हैं। दोनों थोड़ा बदलते हैं, दोनों थोड़ा समझते हैं, दोनों थोड़ा झुकते हैं।

लेकिन Compromise में हमेशा एक ही इंसान झुकता है। एक ही sacrifices करता है। एक ही चुप रहता है। एक ही दर्द झेलता है।

Example:

अगर लड़की कहे— "मुझे तुम देर रात games खेलो, कोई दिक्कत नहीं, लेकिन थोड़ा time मेरे लिए भी निकाल लो," और लड़का भी कहे— "ठीक है baby, मैं manage कर लूँगा"— यह Adjustment है।

लेकिन अगर लड़की हर रात अकेली सो जाए, और लड़का बोले— "मैं ऐसे ही हूँ, बदल नहीं सकता," और लड़की चुपचाप सह ले— यह Compromise है।

- Adjustment दिल जीतता है। Compromise दिल तोड़ता है।

Adjustment में respect होता है— Compromise में दबाव

Adjustment तब होता है जब दोनों एक-दूसरे की feelings का सम्मान करते हैं। जब दोनों सोचते हैं— "उसका भी एक दिल है, चलो उसकी comfort का भी ध्यान रखूँ।"

Compromise तब होता है जब एक partner को दबाव दिया जाता है— emotionally, mentally, या indirectly।

Example:

अगर पति कहे— "तुम्हें मेरे family को समझना चाहिए, but main tumhari priorities ko bhi samjhoonga"— ये Adjustment है।

अगर पति कहे— "तुम्हें मेरी family की बात माननी ही पड़ेगी, चाहे जो हो"— ये Compromise है।

- Respect से किया गया adjustment सुंदर होता है। Pressure से किया गया compromise ज़हर बन जाता है।

Adjustment में दोनों खुश रहते हैं— Compromise में एक रोता है

Adjustment comfort को जन्म देता है। Compromise frustration को।

Adjustment में दोनों जीतते हैं। Compromise में हमेशा एक हारता है।

Example:

अगर पत्नी कहे— "ठीक है, तुम weekend दोस्तों के साथ जाओ, लेकिन अगला weekend हमारा होगा"—

दोनों खुश। लेकिन अगर पत्नी हर बार अपनी wishes मारकर सिर्फ़ उसके मुताबिक चले— एक दिन वो emotionally टूट जाएगी।

- Adjustment खुशी देता है, Compromise depression पैदा करता है।

Adjustment changes habits— Compromise breaks identity

Adjustment में लोग अपनी habits बदलते हैं— like timing, plan, routine. Compromise में इंसान अपनी identity खोने लगता है— उसकी dreams, passion, individuality सब दब जाते हैं।

Example:

अगर लड़का कहे— "Baby, मुझे late night पसंद है लेकिन तेरे लिए मैं कोशिश करूँगा जल्दी सोने की"— ये adjustment है।

लेकिन अगर लड़की अपनी career छोड़ दे सिर्फ़ इस डर से कि पति नाराज़ हो जाएगा— ये compromise है, और बहुत dangerous है।

- Adjustment behavior बदलता है, Compromise इंसान को बदल देता है।

Adjustment strengthens love— Compromise kills love

Adjustment रिश्ते में loyalty, affection, respect और bonding बढ़ाता है। यह बताता है कि "तुम दोनों एक टीम हो।" But Compromise slowly resentment (नाराज़गी) पैदा करता है। और जब resentment build हो जाता है— प्यार fade होने लगता है।

Example:

यदि पत्नी हर बार husband के family functions में जाती है और husband भी उसके functions में join करता है— यह adjustment है।

लेकिन अगर पत्नी हमेशा जाती रहे और husband कभी effort न करे— एक दिन उसकी भावना खत्म हो जाएगी।

- Adjustment प्यार को strong बनाता है। Compromise प्यार को खोखला बना देता है।

Adjustment situation के लिए होता है— Compromise व्यक्ति के liye

Adjustment कोई temporary चीज़ है— समय के हिसाब से किया गया soft change। But compromise personality suppress कर देता है— तुम्हारे nature, तुम क्या पसंद करते हो, क्या नहीं पसंद— सब दब जाता है।

Example:

अगर लड़का कहे— "आज मेरा mood off है, चलो बाहर नहीं जाते"— ये situation-based adjustment है।

लेकिन अगर लड़की हर बार अपनी पसंद की जगह ignore करे सिर्फ़ इसलिए कि उसे डर है लड़का नराज़ न हो जाए— यह compromise है।

- Situations के लिए bend करो, खुद के लिए नहीं टूटो।

Adjustment equal होता है— Compromise unequal

If both partners are adjusting equally, रिश्ता हमेशा maintain रहेगा।

If only one person keeps adjusting, रिश्ता टूट भी सकता है।

Example:

अगर पति और पत्नी दोनों घर के काम बाँटते हैं— adjustment।

अगर हर काम सिर्फ़ पत्नी करे और पति कहे— "ये तुम्हारा काम है"— compromise।

- Balance = Healthy relationship
- Unbalance = Toxic relationship

Adjustment future save करता है— Compromise present destroy करता है

Adjustment future में fights को रोकता है। Compromise present में ही व्यक्ति को emotionally drain कर देता है।

Example:

अगर लड़की कह दे— "चलो इस बात को calmly discuss कर लेते हैं"— तो future fight avoid हो जाती है।

लेकिन अगर लड़की हर बार चुप रहे और दुख अंदर रखे— तो अंदर ही अंदर present खराब होगा।

- Adjustment रिश्ते को grow करता है, Compromise इंसान को खत्म करता है।

Conclusion;

Adjustment और Compromise में फर्क समझना हर रिश्ते के लिए जरूरी है।

Adjustment में दिल में softness होती है। Compromise में दिल में heaviness। Adjustment में प्यार बचता है। Compromise में प्यार मरता है।

Adjustment में दो लोग मिलकर चलते हैं। Compromise में एक अकेला चलता है और दूसरा सिर्फ़ enjoy करता है।

सच्चा रिश्ता वही है जहाँ दोनों लोग एक-दूसरे के लिए थोड़ा-थोड़ा बदलें— लेकिन इतना भी नहीं कि खुद को खो दें।

याद रखिए

"Adjustment रिश्ते बचाता है, Compromise इंसान को खुद से दूर कर देता है। प्यार वहीं खिलता है जहाँ दोनों बराबर झुकते हैं... न कि जहाँ एक हमेशा झुकता रहे।"

4

Modern Relationships - प्यार या समझौता?

कभी सोचा है कि आज के time में “relationship” शब्द इतना हल्का क्यों लगने लगा है?

पहले जहाँ “प्यार” सुनते ही दिल में इज़्ज़त और भरोसे की भावना उठती थी, आज वहाँ बस doubt, insecurity और breakup quotes रह गए हैं।

आज का प्यार Instagram पर शुरू होता है WhatsApp पर पलता है, और “seen” या “ignore” पर खत्म हो जाता है।

कभी तो दिल से पूछो — क्या ये प्यार है या बस एक temporary timepass?

पहले रिश्ते सपनों से बनते थे, अब screenshot से टूट जाते हैं।

पहले लोग इज़्ज़त और इरादे से प्यार करते थे, अब लोग looks और followers से judge करते हैं।

पहले के ज़माने में “माँ-बाप” की रज़ामंदी ज़रूरी होती थी, आज के दौर में “mutual breakup” एक common trend है। हम कहते हैं कि

हम modern हैं,

पर सच्चाई ये है कि हम "emotionally weakest generation" बन गए हैं।

आज के relationship में प्यार कम और ego ज़्यादा है समझ कम और misunderstanding ज़्यादा है,

कमी किसी की नहीं — बस सबको जल्दी है "feelings" पाने की पर कोई भी "connection" निभाना नहीं चाहता।

कभी लगता है आज का रिश्ता love नहीं बस एक compromise बन गया है। लोग साथ तो हैं, पर दिलों के बीच distance पहले से ज़्यादा है। किसी के पास वक्त नहीं, किसी के पास patience नहीं और सबसे ज़्यादा — किसी के पास सच्चाई नहीं।

Modern relationships का सबसे बड़ा problem यही है — लोग "lonely" नहीं रहना चाहते aur "committed" भी नहीं रहना चाहते। सबको किसी की ज़रूरत है पर कोई भी किसी का होना नहीं चाहता।

Modern relationship mein connection online hota hai,Par emotion mostly offline reh jaate hain.

Ab log chat pe 'I love you' likh dete hain,

Par real life mein 'I understand you' kehna bhool jaate hain. Aaj kal pyar express zyada hota hai Aur feel kam...

आज का Relationship कैसा है?

आज का रिश्ता digital है जहाँ emotions "emoji" बन चुके हैं,

care "status" में दिखती है और love "story" में upload होता है।

अब प्यार में "depth" नहीं रही, बस display picture बदलने तक रह गया है।

लोग किसी से जुड़ते नहीं, बस "timepass" के लिए किसी का time लेते हैं।

आज की generation जल्दी connect होती है, पर जल्दी disconnect भी हो जाती है।

क्योंकि हम सबको "love feel" करना है, पर "love deal" नहीं निभानी।

हममें से बहुत लोग ऐसे हैं जो किसी के साथ सिर्फ इसलिए रहते हैं क्योंकि अकेले रहना बुरा लगता है, न कि इसलिए कि वो रिश्ता दिल से चाहिए और यही फर्क है love और samjhauta में।

Love aur Samjhauta – दो पहलू एक रिश्ते के

प्यार में "मैं" की जगह "हम" होता है पर समझौते में "मैं" सबसे पहले आता है।

प्यार में दिल से बातें होती हैं समझौते में "adjustment" से।

Love में दो लोग एक-दूसरे को grow करते हैं पर समझौते में बस एक जीतता है और दूसरा चुप रहता है।

जब रिश्ता fear of loss से नहीं बल्कि trust and respect से बना हो — वो सच्चा प्यार है। पर जब रिश्ता सिर्फ इसलिए चल रहा हो क्योंकि "अब छोड़ने का मन नहीं" या "society kya sochegi", वो समझौता है। आज कई couples साथ हैं पर दिलों में हज़ार सवाल हैं —

वो पहले जैसा क्यों नहीं रहा?

वो अब effort क्यों नहीं करता?

क्या मैं अब उसकी priority नहीं हूँ?

और जब प्यार सवालों में बदलने लगे तो समझो रिश्ता सिर्फ ज़िम्मेदारी बन गया है, एहसास नहीं।

Modern Relationship की Problems

1. Communication की कमी

अब लोग बात नहीं करते, बस chat करते हैं। पहले लोग एक-दूसरे की बातों को सुनते थे, अब लोग "reply" में busy हैं।

जब communication मर जाता है, तो relationship भी धीरे-धीरे fade होने लगता है।

2. Trust Issues

हर "seen" पर शक, हर "online" पर सवाल। अब trust proof से बनता है, feelings से नहीं।

किसी ने कहा था — जहाँ doubt शुरू होता है, वहाँ love खत्म हो जाता है।

3. Over Expectation

हम किसी से perfect behavior की उम्मीद करते हैं, पर खुद imperfect होते हैं।

प्यार अब समझ नहीं, "performance test" बन गया है।

4. Temporary Attachment

आज की generation जल्दी bored हो जाती है। जब excitement खत्म होती है,

तब feelings भी चली जाती हैं।

5. **Ego और Self-Respect का Confusion**: पहले लोग प्यार के लिए झुक जाते थे, अब लोग ego के लिए रिश्ते छोड़ देते हैं। फर्क बस इतना है — पहले प्यार में खुद को भूलते थे, अब खुद को साबित करने में प्यार भूल जाते हैं।

क्या Modern Relationship में सच्चा प्यार हो सकता है?

हाँ, हो सकता है — अगर दोनों लोग emotionally mature हों। अगर दोनों एक-दूसरे को समझने से पहले खुद को समझें।

प्यार आज भी pure है, बस उसे निभाने वाले सच्चे कम हैं।

अगर कोई तुम्हें ignore कर रहा है फिर भी तुम उसके लिए दुआ कर रहे हो — तो वो सच्चा प्यार है।

अगर कोई तुम्हारे साथ नहीं है फिर भी तुम उसके लिए बुरा नहीं सोचते — तो वो भी प्यार है।

True Love आज भी exist करता है बस उसे पहचानने के लिए आंखें नहीं,दिल चाहिए।

Conclusion:

Modern relationships का सबसे बड़ा lesson यही है — प्यार आसान नहीं, पर अगर सच्चा हो तो अमर है। लोग बदलते रहेंगे, हालात बदलते रहेंगे,

पर सच्चा प्यार वो है जो "presence" से नहीं, "connection" से जिंदा रहता है।

At the end,

रिश्ता तभी टिकता है जब दोनों लोग "सिर्फ साथ" नहीं, बल्कि "एक-दूसरे के लिए" हों।

सच्चे रिश्ते status में नहीं, silence में समझे जाते हैं।

5

क्या शादी के बाद प्यार (Love) सच में कम हो जाता है?

अक्सर शादीशुदा couples कहते हैं –
"पहले जैसा excitement नहीं रहा..."
"अब वो time ही नहीं मिलता जो पहले था..."
"शादी के बाद romance missing लगता है..."

इन बातों को सुनकर ऐसा लगता है जैसे शादी प्यार को धीरे-धीरे कमजोर बना देती है। लेकिन सच यह है कि प्यार कम नहीं होता, उसका रूप बदल जाता है।

शादी से पहले प्यार ज़्यादा excitement, surprises, late-night talks और रोमांस से जुड़ा होता है। तब जिम्मेदारियाँ कम होती हैं, इसलिए रिश्ते में मस्ती और हल्कापन ज़्यादा महसूस होता है। लेकिन शादी के बाद ज़िंदगी में ज़िम्मेदारियाँ बढ़ जाती हैं – काम, घर, परिवार, भविष्य की चिंताएँ। इन सबके बीच प्यार दिखाने का तरीका बदल जाता है। अब प्यार लंबे मैसेज या डेट्स में नहीं, बल्कि थके हुए दिन के बाद साथ बैठने में, बीमारी में दवा लाने में, चुपचाप साथ चलने में, और बिना

कहे समझ जाने में दिखाई देता है।

शादी के बाद प्यार शोर वाला नहीं, शांत, गहरा और सुकून भरा हो जाता है।
यह वो प्यार होता है जो दिखता कम है, लेकिन महसूस ज़्यादा होता है।

इसलिए यह कहना गलत है कि शादी प्यार को खत्म कर देती है। शादी सिर्फ प्यार को बचपन से परिपक्वता (maturity) की ओर ले जाती है।

शादी के बाद प्यार पर क्या बदलाव आता है?

1. प्यार कम नहीं होता, उसका तरीका बदल जाता है

शादी से पहले का प्यार ज़्यादातर रोमांस, excitement, surprise और लंबी chats में नज़र आता है, जहाँ हर मुलाक़ात खास लगती है और हर मैसेज दिल को छू जाता है। उस समय प्यार feelings और emotions पर टिका होता है, जिसमें सपने ज़्यादा होते हैं और ज़िम्मेदारियाँ कम। लेकिन शादी के बाद ज़िंदगी ज़्यादा serious और practical हो जाती है। अब प्यार candle-light dinner या घंटों की calls में नहीं, बल्कि रोज़मर्रा की care में दिखता है—थके हुए दिन के बाद साथ बैठना, बिना कहे एक-दूसरे की बातें समझ जाना, छोटी-छोटी ज़रूरतों का ख़याल रखना और मुश्किल समय में मज़बूती से साथ खड़े रहना। पहले जहाँ प्यार शब्दों में जताया जाता था, वहीं अब वही प्यार कामों में नज़र आता है। इसका मतलब यह नहीं कि प्यार कम हो गया है, बल्कि इसका रूप बदल गया है—पहले "I miss you" कहा जाता था, अब "खाना खाया?" पूछा जाता है। शादी के बाद प्यार सिर्फ़ एक एहसास नहीं रहता, बल्कि एक ज़िम्मेदारी और commitment बन जाता है, जिसमें अपनापन, समझदारी और साथ निभाने की ताक़त छिपी होती है।

2. ज़िम्मेदारियाँ बढ़ जाती हैं

शादी के बाद सिर्फ़ दो दिल नहीं, बल्कि दो पूरी ज़िंदगियाँ एक-दूसरे से जुड़ जाती हैं। अब रिश्ता सिर्फ़ प्यार और feelings तक सीमित नहीं रहता, बल्कि उसमें काम की ज़िम्मेदारी, घर की चिंता, परिवार की expectations, बच्चों की परवरिश और भविष्य की planning भी शामिल हो जाती है। इन सब वजहों से समय अपने आप बंट जाता है और पहले जैसा खुला, बेफ़िक्र वक्त नहीं मिल पाता। लेकिन इसका मतलब यह बिल्कुल नहीं होता कि प्यार कम हो गया है। असल में प्यार अब शब्दों और दिखावे से निकलकर निभाने में बदल जाता है। जब दोनों पार्टनर एक-दूसरे का बोझ समझते हैं, थकान में भी साथ देते हैं, मुश्किल हालात में एक-दूसरे का सहारा बनते हैं और मिलकर ज़िंदगी की चुनौतियों का सामना करते हैं, तब वही प्यार और भी मज़बूत बन जाता है। यही वो प्यार होता है जो सिर्फ़ महसूस नहीं किया जाता, बल्कि हर दिन जिया जाता है।

3. Romance से ज़्यादा Comfort आ जाता है

शादी से पहले प्यार में जो रोमांच, excitement और ताज़गी होती है, वह शादी के बाद धीरे-धीरे सुकून और स्थिरता में बदल जाती है। पहले जहाँ हर मुलाक़ात को खास बनाने की कोशिश होती थी, वहीं अब ज़रूरी यह हो जाता है कि रिश्ता शांति, भरोसे और अपनापन दे। अब प्यार का मतलब हर दिन कुछ नया करना नहीं, बल्कि एक-दूसरे के साथ सहज महसूस करना होता है। पार्टनर के साथ बिना बोले चुपचाप बैठना, उसकी मौजूदगी में खुद को सुरक्षित महसूस करना और उसकी खामोशी को भी समझ लेना—यही अब प्यार का नया रूप बन जाता है। यह रोमांस बाहर से ज़्यादा दिखाई नहीं देता, लेकिन दिल के अंदर गहराई से महसूस होता है। यही सुकून भरा प्यार रिश्ते को मज़बूती और स्थायित्व देता है।

4. शब्दों से ज़्यादा काम बोलते हैं

शादी से पहले प्यार ज़्यादातर शब्दों में ज़िंदा रहता है—"**Miss you**", "**Love you**" जैसे छोटे-छोटे वाक्य बहुत मायने रखते हैं, क्योंकि उस समय रिश्ते की पहचान ही बातचीत और इज़हार से होती है। लेकिन शादी के बाद प्यार सिर्फ़ कहने की चीज़ नहीं रह जाता, बल्कि निभाने की ज़िम्मेदारी बन जाता है। अब प्यार शब्दों में नहीं, बल्कि कामों में महसूस होता है। जब पार्टनर बीमार हो तो बिना कहे दवा लाकर देना, थकान में चाय बनाकर सामने रख देना, या मुश्किल समय में चुपचाप साथ खड़े रहना—ये सब वही प्यार है जो पहले "**I love you**" में छिपा होता था। अब भावनाएँ बोलकर नहीं, करके दिखाई जाती हैं। यही वजह है कि शादी के बाद प्यार ज़्यादा गहरा, शांत और सच्चा हो जाता है, क्योंकि इसमें दिखावा नहीं, बल्कि सच्ची परवाह होती है।

शादी के बाद प्यार कम न हो, इसके लिए क्या करें?

1. समय निकालना सीखें

शादी के बाद ज़िंदगी में काम, घर और ज़िम्मेदारियों की वजह से समय बहुत जल्दी निकल जाता है, और अक्सर कपल्स एक-दूसरे के लिए खास वक्त निकालना भूल जाते हैं। लेकिन प्यार को ज़िंदा और मजबूत रखने के लिए थोड़ा-सा quality time बहुत ज़रूरी होता है। इसका मतलब यह नहीं कि हर दिन लंबी डेट या बाहर घूमना ही पड़े, बल्कि कभी-कभी साथ बैठकर शांति से बात करना, टहलते हुए दिल की बातें शेयर करना या एक कप चाय के साथ मुस्कुराते हुए समय बिताना भी रिश्ते में नई गर्माहट भर देता है। यह छोटा-सा समय दोनों को फिर से एक-दूसरे से जोड़ता है, गलतफहमियों को कम करता है और यह एहसास दिलाता है कि भागदौड़ भरी ज़िंदगी में भी आपका रिश्ता सबसे ज़्यादा मायने रखता है।

2. छोटी-छोटी Care दिखाते रहें

प्यार हमेशा बड़े-बड़े gestures, महंगे gifts या खास मौकों से ही मज़बूत नहीं होता, बल्कि वह रोज़मर्रा के छोटे-छोटे कामों से और गहरा बनता है। थके हुए पार्टनर के लिए बिना कहे पानी लाकर दे देना, उसकी तबियत पूछ लेना, या बस प्यार से यह कहना कि "आज तुम कैसे हो?"—ये छोटी बातें दिल को छू जाती हैं। इन्हीं पलों में सामने वाले को यह एहसास होता है कि कोई उसे समझता है, उसकी परवाह करता है और उसकी भावनाओं की क़द्र करता है। ऐसे छोटे gestures दिखने में साधारण लगते हैं, लेकिन यही रिश्ते की नींव को मज़बूत बनाते हैं और प्यार को रोज़ नई ऊर्जा देते हैं।

3. खुलकर बात करें

अगर किसी रिश्ते में यह महसूस होने लगे कि प्यार पहले जैसा नहीं रहा, तो चुप रहकर सब कुछ अपने अंदर दबा लेना सही नहीं होता। चुप्पी अक्सर गलतफहमियों को बढ़ा देती है और दिलों के बीच दूरी पैदा कर देती है। इसलिए ज़रूरी है कि अपने पार्टनर से प्यार और शांति से बात की जाए, अपनी feelings खुलकर share की जाएँ और उसकी बात भी ध्यान से सुनी जाए। बातचीत से ही यह समझ आता है कि सामने वाला क्या महसूस कर रहा है और उसे किस चीज़ की ज़रूरत है। जब दोनों एक-दूसरे की भावनाओं को बिना डर और बिना गुस्से के समझने की कोशिश करते हैं, तो रिश्ते में फिर से अपनापन, भरोसा और नज़दीकियाँ लौट आती हैं। यही खुली और सच्ची बातचीत प्यार को ज़िंदा रखने की सबसे बड़ी ताक़त होती है।

4. Appreciation ज़रूरी है

शादी के बाद अक्सर लोग एक-दूसरे की कोशिशों को "normal" समझने लगते हैं—जैसे खाना बनाना, काम संभालना या घर की ज़िम्मेदारियाँ निभाना कोई खास बात ही न हो। धीरे-धीरे appreciation कम हो जाती है, जबकि हर छोटी कोशिश के पीछे मेहनत, समय और भावनाएँ जुड़ी होती हैं। ऐसे में "Thank you" या "तुमने अच्छा किया" जैसे simple शब्द रिश्ते में फिर से warmth भर देते हैं। जब पार्टनर को यह महसूस होता है कि उसकी मेहनत को देखा, समझा और सराहा जा रहा है, तो उसे अपनापन, सम्मान और प्यार ज़्यादा गहराई से महसूस होता है। ये छोटे-छोटे शब्द दिल को छू जाते हैं और यह एहसास दिलाते हैं कि रिश्ता सिर्फ़ ज़िम्मेदारी नहीं, बल्कि क़दर, समझ और भावनाओं से भरा हुआ है।

प्यार को हमेशा Fresh रखने के सुनहरे तरीके

1. छोटी-छोटी बातें, बड़ा असर

प्यार को ज़िंदा रखने के लिए हमेशा बड़े gestures या महंगे surprises की ज़रूरत नहीं होती। असली असर छोटी-छोटी बातों से पड़ता है। जब आप बिना किसी खास वजह के अपने पार्टनर को याद करते हैं, उन्हें प्यार भरा मैसेज भेजते हैं या बस यह पूछते हैं कि "आज दिन कैसा था?", तो सामने वाले को यह एहसास होता है कि वह आपके दिल में अब भी खास जगह रखता है। यही छोटी-छोटी कोशिशें रिश्ते में गर्माहट बनाए रखती हैं।

2. Quality Time ज़रूरी है

आज की भागदौड़ भरी ज़िंदगी में समय निकालना आसान नहीं होता, लेकिन प्यार को fresh रखने के लिए थोड़ा-सा समय सिर्फ़ एक-दूसरे के लिए निकालना बहुत ज़रूरी है। जब आप फोन, काम और बाकी टेंशन से

दूर होकर अपने पार्टनर के साथ बैठते हैं, बातें करते हैं या साथ टहलते हैं, तो रिश्ता फिर से जुड़ाव महसूस करता है। Quality time का मतलब घंटों साथ रहना नहीं, बल्कि उस समय को दिल से जीना होता है।

3. तारीफ करते रहो

समय के साथ लोग एक-दूसरे की अच्छाइयों को "normal" समझने लगते हैं और तारीफ करना भूल जाते हैं। लेकिन appreciation प्यार को ताज़ा रखने का सबसे आसान तरीका है। जब आप अपने पार्टनर की मेहनत, लुक्स या कोशिशों की तारीफ करते हैं, तो उन्हें यह महसूस होता है कि उनकी कद्र हो रही है। यह एहसास दिल को और ज़्यादा जोड़ देता है।

4. पुराने पल याद करो

रिश्ते की शुरुआत के दिन हमेशा खास होते हैं। पहली मुलाकात, पहली बातचीत, पहली हँसी – ये सब यादें दिल को फिर से वही warmth महसूस कराती हैं। जब आप अपने पार्टनर के साथ बैठकर पुराने पल याद करते हैं, तो रिश्ते की शुरुआत वाली मिठास वापस आ जाती है। इससे प्यार में फिर से freshness आती है।

Conclusion:

प्यार वही रहता है, बस उसे ज़िंदा रखने के लिए थोड़ी मेहनत और थोड़े gestures की ज़रूरत होती है। जब हम छोटे-छोटे efforts, communication और appreciation को Risthe में शामिल करते हैं, तो वही पुराना प्यार हर दिन नया महसूस होता है। असल में रिश्ता strong तब होता है जब हम partner को सिर्फ चाहते नहीं, बल्कि रोज़ाना महसूस भी कराते हैं।

Alwsys Remember:

रिश्तों में ताज़गी लाना कोई मुश्किल नहीं, बस अहसास जताना और थोड़ा वक्त देना ज़रूरी है।

प्यार को कहने से ज़्यादा निभाना पड़ता है, हर दिन नए अंदाज़ से इसे जीना पड़ता है।

6

हम अपने Partner की Respect कैसे करें?

किसी भी रिश्ते की सबसे मज़बूत नींव Respect (सम्मान) होती है। रिश्ता प्यार से शुरू हो सकता है, लेकिन उसे लंबे समय तक टिकाए रखने का काम इज़्ज़त करती है।

प्यार एक एहसास है, जो दिल में पैदा होता है, जबकि सम्मान एक आदत है, जो हमारे व्यवहार में दिखता है। जब किसी रिश्ते में सम्मान होता है, तो दोनों लोग खुद को सुरक्षित, महत्वपूर्ण और समझा हुआ महसूस करते हैं। उन्हें यह भरोसा होता है कि उनकी बातों, भावनाओं और फैसलों की क़दर की जा रही है। Respect का मतलब सिर्फ़ अच्छे शब्द बोलना नहीं होता, बल्कि अपने हर छोटे-बड़े व्यवहार से यह दिखाना होता है कि "तुम मेरे लिए मायने रखते हो।"

जब हम अपने पार्टनर को ध्यान से सुनते हैं, उसकी भावनाओं को समझते हैं और इज़्ज़त के साथ पेश आते हैं, तब रिश्ता सिर्फ़ चलता नहीं, बल्कि और भी मज़बूत बनता है।

1. ध्यान से सुनना – Respect की पहली पहचान

किसी रिश्ते में Respect की सबसे पहली और ज़रूरी पहचान होती है ध्यान से सुनना। जब आपका पार्टनर आपसे कुछ कह रहा हो और आप बीच-बीच में टोकने लगें, फोन देखने लगें या उसकी बात को हल्के में लें, तो उसे यह महसूस होता है कि उसकी feelings उतनी अहम नहीं हैं। असली सम्मान तब दिखता है जब आप उसकी बात को पूरे ध्यान से, बिना जल्दबाज़ी और बिना जज किए सुनते हैं। कई बार इंसान किसी समस्या का solution नहीं चाहता, वह सिर्फ़ चाहता है कि कोई उसे समझे, उसकी बात सुने और उसकी भावनाओं को महत्व दे। जब आप अपने पार्टनर को यह एहसास दिलाते हैं कि उसकी बात मायने रखती है, तो रिश्ता अपने आप ज़्यादा मजबूत, भरोसेमंद और सच्चा बन जाता है।

2. Feelings की कद्र करना

हर इंसान की feelings अलग होती हैं, क्योंकि हर किसी की सोच, अनुभव और दिल से जुड़ी बातें अलग होती हैं। जो बात आपको छोटी, मामूली या बेकार लग सकती है, वही आपके Partner के लिए बहुत बड़ी और तकलीफ़ देने वाली हो सकती है। ऐसे में अगर आप कह दें, “इतनी सी बात पर क्यों दुखी हो?” तो यह बात उसे और ज़्यादा अकेला और अनसुना महसूस कराती है। यह शब्द Respect नहीं, बल्कि उसकी भावनाओं को नज़रअंदाज़ करने का एहसास देते हैं। बेहतर यह होता है कि आप प्यार और समझदारी से कहें, “मैं समझ सकता/सकती हूँ कि तुम्हें बुरा लगा,”

क्योंकि इससे सामने वाले को यह महसूस होता है कि उसकी feelings को महत्व दिया जा रहा है। जब आप अपने Partner की भावनाओं को हल्का नहीं लेते, उनका मज़ाक नहीं उड़ाते और उन्हें बेवजह गलत साबित करने की कोशिश नहीं करते, तो उसे इस रिश्ते में सुरक्षा, अपनापन और भरोसा महसूस होता है। वह खुलकर अपनी बातें

कह पाता है, बिना डर के अपने दिल की बात शेयर कर पाता है, और यही चीज़ किसी भी रिश्ते को मजबूत और गहरा बनाती है।

3. आवाज़ और शब्दों में नरमी

आप बात सही भी कह रहे हों, लेकिन अगर आपका लहजा कठोर, ऊँची आवाज़ वाला या तानों से भरा हुआ है, तो सामने वाले के दिल को चोट लग सकती है। रिश्तों में सिर्फ़ "क्या" कहा जा रहा है, यह मायने नहीं रखता, बल्कि "कैसे" कहा जा रहा है, यह ज़्यादा ज़रूरी होता है। Respect का मतलब है कि गुस्से में भी इज़्ज़त बनाए रखी जाए। जब आप शांत, नरम और समझदारी से अपनी बात रखते हैं, तो सामने वाला आपको सुनने के लिए तैयार रहता है। लेकिन ताने, चिल्लाना और कटु शब्द रिश्ते में दूरी, डर और नाराज़गी पैदा करते हैं। नरमी से कही गई बात दिल तक पहुँचती है, जबकि कठोर शब्द रिश्ते में दीवार बना देते हैं।

4. Opinions को Value देना

अगर HAAR फैसले में सिर्फ़ आपकी ही चले और पार्टनर की राय को नज़रअंदाज़ किया जाए, तो रिश्ता धीरे-धीरे एकतरफ़ा बन जाता है। Respect का असली मतलब है कि आप अपने Partner की सोच को सुनें, समझें और ज़रूरत पड़े तो उसे अपनाएँ भी। जब आप कहते हैं, "तुम क्या सोचते हो?", तो आप उसे यह महसूस कराते हैं कि उसकी राय मायने रखती है। इससे उसे आत्मसम्मान मिलता है और रिश्ता बराबरी पर खड़ा होता है। जहाँ दोनों की बातें सुनी जाती हैं, वहाँ रिश्ता मज़बूत और संतुलित रहता है।

5. Partner को Personal Space देना

रिश्ते में होने का मतलब यह नहीं कि किसी की आज़ादी छीन ली जाए। हर इंसान को अपने दोस्तों, अपनी hobbies और अपने अकेले समय

की ज़रूरत होती है। Respect तब दिखती है जब आप अपने Partner की इस आज़ादी की कद्र करते हैं। जब आप उस पर हर वक्त नज़र रखने लगते हैं या उसे अपनी दुनिया से काटने की कोशिश करते हैं, तो रिश्ता बोझ बन जाता है। लेकिन जब आप उसे खुली साँस लेने की जगह देते हैं, तो वह रिश्ता और भी प्यार से निभाता है। आज़ादी और भरोसा मिलकर रिश्ते को मजबूत बनाते हैं।

निष्कर्ष (Conclusion)

एक रिश्ते की असली खूबसूरती प्यार से ज़्यादा Respect में छुपी होती है। जब आप अपने Partner की बात ध्यान से सुनते हैं, उसकी feelings की कद्र करते हैं, नरमी से बात करते हैं, उसकी राय को महत्व देते हैं, उसे उसकी personal space देते हैं और हर हाल में उसकी इज़्ज़त बनाए रखते हैं, तब रिश्ता सिर्फ़ टिकता नहीं, बल्कि और गहरा होता जाता है। Respect रिश्ते की वो नींव है जिस पर भरोसा, समझदारी और सच्चा प्यार खड़ा रहता है। जहाँ सम्मान होता है, वहाँ झगड़े कम होते हैं, गलतफहमियाँ टूटती हैं और दिलों के बीच दूरी नहीं, बल्कि नज़दीकियाँ बढ़ती हैं।

याद रखिए:

प्यार शब्दों से शुरू हो सकता है,लेकिन रिश्ता Respect से ज़िंदा रहता है।

7

जब आपका Partner आपकी Feelings को न समझे तो क्या करें?

हर रिश्ता प्यार से शुरू होता है, लेकिन हर रिश्ता समझदारी से चलता है। शुरुआत में सब कुछ अच्छा लगता है, बातें आसानी से होती हैं और एहसास अपने आप समझ में आ जाते हैं। लेकिन समय के साथ कई बार ऐसा होता है कि आप दिल से कुछ महसूस कर रहे होते हैं, पर आपका Partner उसे ठीक से समझ नहीं पाता। आप अंदर ही अंदर दुखी होते हैं, परेशान रहते हैं, और उम्मीद करते हैं कि सामने वाला आपकी भावनाओं को महसूस करेगा।

मगर जब वही इंसान आपकी बात को मज़ाक में उड़ा दे, या यह कह दे – "इतनी सी बात पर क्यों सोच रहे हो?"

तो दिल को गहरी चोट लगती है। ऐसे पलों में इंसान सिर्फ़ उदास नहीं होता, बल्कि अंदर से टूटने लगता है, क्योंकि उसे लगता है कि उसकी भावनाओं की कोई अहमियत नहीं है। उसे यह महसूस होने लगता है कि वह अकेला है, भले ही वह रिश्ते में हो। यही वो जगह होती है जहाँ प्यार को समझदारी, धैर्य और सच्ची बातचीत की ज़रूरत पड़ती है, ताकि दिल की बात दिल तक पहुँच सके और रिश्ता फिर से सुकून भरा बन सके।

1. सबसे पहले खुद को समझें

कई बार हम दूसरों से यह उम्मीद करते हैं कि वे हमें समझें, लेकिन सच यह है कि हम खुद ही नहीं जानते कि हमारे दिल में क्या चल रहा है। कभी गुस्सा, कभी उदासी, कभी अकेलापन, तो कभी निराशा – ये सारी भावनाएँ आपस में घुल-मिल जाती हैं। जब दिल भारी होता है, तो इंसान बस बेचैन महसूस करता है, लेकिन वजह साफ़ नहीं होती। ऐसे में सबसे पहले अपने आप से यह सवाल पूछना ज़रूरी है –

"मुझे सच में किस बात का दर्द है?"

जब आप खुद अपनी भावनाओं को पहचान लेते हैं, तभी आप उन्हें सही शब्दों में अपने Partner तक पहुँचा सकते हैं। वरना सामने वाला भी उलझन में रहता है और बात अधूरी रह जाती है।

2. चुप रहने से दूरी बढ़ती है

बहुत से लोग सोचते हैं कि चुप रहकर सब ठीक हो जाएगा। उन्हें लगता है कि समय के साथ बातें अपने आप सुलझ जाएँगी। लेकिन हकीकत यह है कि चुप्पी रिश्ते को ठीक नहीं करती, बल्कि धीरे-धीरे उसे खोखला बना देती है। जब आप अपनी feelings दबाते रहते हैं, तो अंदर ही अंदर दर्द जमा होता जाता है। वह दर्द धीरे-धीरे गुस्से, चिड़चिड़ेपन और कभी-कभी नफरत में बदल जाता है। फिर एक दिन वही दबा हुआ दर्द किसी छोटी-सी बात पर फूट पड़ता है और रिश्ता और ज़्यादा बिगड़ जाता है। इसलिए चुप रहने के बजाय, प्यार से और समय पर बात करना ही रिश्ते

को बचाता है।

3. गुस्से से नहीं, प्यार से समझाएँ

जब दिल चोट खाता है, तो गुस्सा आना स्वाभाविक है। लेकिन गुस्से में कही गई बातें अक्सर रिश्ते को सुलझाने के बजाय और उलझा देती हैं।
अगर आप कहें – **"तुम मुझे कभी नहीं समझते!"**
तो सामने वाला तुरंत खुद को बचाने की कोशिश करेगा, वह defensive हो जाएगा।
लेकिन अगर आप शांत होकर कहें – **"जब मेरी feelings को हल्के में लिया जाता है, तो मुझे सच में बुरा लगता है,"**
तो आपकी बात दिल तक पहुँचती है। शब्द वही होते हैं, लेकिन लहजा बदलते ही असर बदल जाता है। प्यार से कही गई बात रिश्ते को जोड़ती है, जबकि गुस्से से कही गई बात दूरी बढ़ाती है।

4. हर इंसान का Feel करने का तरीका अलग होता है

हर इंसान एक जैसा नहीं होता। जो बात आपके लिए बहुत गहरी और दर्दनाक हो सकती है, वही बात आपके Partner के लिए छोटी-सी लग सकती है। इसका मतलब यह नहीं कि वह आपको प्यार नहीं करता, बल्कि इसका मतलब सिर्फ़ इतना है कि उसकी सोच और महसूस करने का तरीका अलग है। कुछ लोग भावनाओं को गहराई से महसूस करते हैं, तो कुछ लोग उन्हें हल्के ढंग से लेते हैं। जब आप यह समझ लेते हैं कि हर इंसान भावनाओं को अलग तरह से महसूस करता है, तब आप सामने वाले से ज़्यादा धैर्य और समझदारी से बात कर पाते हैं।

निष्कर्ष (Conclusion)

हर रिश्ता सिर्फ़ प्यार से नहीं, बल्कि समझदारी, सुनने की ताक़त और एक-दूसरे की भावनाओं की कद्र से चलता है। जब आपका Partner

आपकी feelings को पूरी तरह नहीं समझ पाता, तब सबसे ज़रूरी होता है धैर्य, साफ़ बातचीत और दिल से की गई कोशिश। क्योंकि कोई भी इंसान परफेक्ट नहीं होता, लेकिन जो आपको समझने की कोशिश करता है, आपकी बात सुनता है और आपके दर्द को हल्के में नहीं लेता—वही इंसान सच में आपके साथ खड़ा होता है। रिश्ते वहीं मजबूत बनते हैं जहाँ feelings को नज़रअंदाज़ नहीं, बल्कि अपनाया जाता है।

याद रखिए:

प्यार सिर्फ़ पास होने का नाम नहीं है, प्यार एक-दूसरे को समझने, सुनने, महसूस करने और हर हाल में साथ निभाने का नाम है।

जो आपकी भावनाओं की कद्र करता है, वही आपके दिल की सच में परवाह करता है।

8

Partner की भावनाओं को पढ़ने की समझ?

रिश्ते सिर्फ़ शब्दों से नहीं, बल्कि एहसासों से चलते हैं। हर इंसान अपनी feelings खुलकर नहीं कह पाता, लेकिन उसका दिल बहुत कुछ बोलता है। असली समझ वहीं से शुरू होती है जहाँ आप बोलने से ज़्यादा महसूस करना सीख जाते हैं।

कई बार आपका Partner चुप रहता है, कम बोलता है या पहले जैसा खुश नहीं दिखता। यह चुप्पी खाली नहीं होती – इसके पीछे थकान, परेशानी या कोई अंदरूनी दर्द हो सकता है। ऐसे समय पर सवालों की जगह उसका हाथ थाम लेना और बस यह कहना, "मैं हूँ तुम्हारे साथ," बहुत सुकून देता है।

असली प्यार वही है जहाँ शब्दों से ज़्यादा नज़रें, खामोशी और छोटे Gestures बोलते हैं। जहाँ आप बिना कहे भी समझ जाते हैं कि सामने वाला क्या महसूस कर रहा है। यही समझ रिश्ते को गहरा और मजबूत बनाती है।

क्योंकि सच्चा रिश्ता वही होता है,जहाँ शब्द कम और एहसास ज़्यादा होते हैं।

Partner की feeling को कैसे समझें?

1. हर भावना शब्दों में नहीं होती

हर इंसान अपनी feelings को शब्दों में बयां नहीं कर पाता। कुछ लोग चुप रहकर अपना दर्द सहते हैं, तो कुछ मुस्कुराकर अपने अंदर की तकलीफ़ छुपा लेते हैं। कई बार आपका Partner बाहर से बिल्कुल ठीक लगता है, लेकिन अंदर से वह टूट रहा होता है। अगर वह पहले जैसा बात नहीं कर रहा, ज़्यादा चुप रहने लगा है या छोटी-छोटी बातों पर चिड़चिड़ा हो गया है, तो यह इस बात का संकेत हो सकता है कि उसके दिल में कुछ चल रहा है। असली समझदारी यहीं से शुरू होती है – जब आप उसकी खामोशी को भी सुनना सीखते हैं, जब आप यह महसूस कर पाते हैं कि हर दर्द शब्दों में नहीं, बल्कि व्यवहार में दिखता है।

2. चेहरे और व्यवहार की भाषा

शब्द कई बार झूठ बोल सकते हैं, लेकिन चेहरे के भाव अक्सर सच बता देते हैं। थकी हुई आँखें, बुझी हुई मुस्कान, अचानक आई चुप्पी या बिना वजह का उदास रहना – ये सब छोटे-छोटे इशारे होते हैं कि अंदर कुछ ठीक नहीं है। जब आप अपने Partner के इन बदलावों पर ध्यान देते हैं, तो उसे यह एहसास होता है कि कोई उसे सच में समझ रहा है। यह एहसास रिश्ते में सुरक्षा और अपनापन लाता है, क्योंकि इंसान को सबसे ज़्यादा ज़रूरत इसी बात की होती है कि कोई उसकी भावनाओं को महसूस करे।

3. अक्सर "कुछ नहीं" के पीछे छुपी सच्चाई

अक्सर जब आप पूछते हैं, "क्या हुआ?" और जवाब आता है, "कुछ नहीं", तो असल में बहुत कुछ होता है। कुछ लोग अपनी feelings को बोझ समझते हैं, कुछ डरते हैं कि सामने वाला उन्हें समझ नहीं पाएगा, और कुछ बस अपनी तकलीफ़ दूसरों पर डालना नहीं चाहते। ऐसे समय पर आपकी समझ काम आती है। बिना दबाव डाले, प्यार और धैर्य से उसे यह एहसास दिलाना कि उसकी भावनाएँ बोझ नहीं हैं, बल्कि रिश्ते का एक ज़रूरी हिस्सा हैं – यही सच्चा प्यार होता है।

4. सुनना – सबसे बड़ी समझदारी

भावनाओं को पढ़ने का सबसे आसान और सबसे असरदार तरीका है – ध्यान से सुनना। बिना टोके, बिना जज किए, बिना मोबाइल देखे। जब आप अपने Partner को पूरा ध्यान देते हैं, तो उसे लगता है कि उसकी बातें मायने रखती हैं। कई बार इंसान किसी solution की तलाश में नहीं होता, उसे बस यह चाहिए होता है कि कोई उसकी बात सुने। और जब कोई दिल से सुनता है, तो आधा दर्द वहीं खत्म हो जाता है।

अपने Partner के Emotions को समझना कैसे सीखें?

रिश्ते सिर्फ़ शब्दों से नहीं चलते, बल्कि उन एहसासों से चलते हैं जो बिना कहे भी महसूस हो जाते हैं। कई बार हमारा Partner अपनी भावनाएँ साफ़ शब्दों में नहीं कह पाता, लेकिन उसका चेहरा, उसका व्यवहार और उसकी खामोशी बहुत कुछ बयां कर देती है। अगर हम सच में किसी से प्यार करते हैं, तो हमें सिर्फ़ उसकी बातों को नहीं, बल्कि उसकी भावनाओं को भी समझना सीखना चाहिए।

1. Silent Signals पर ध्यान दें

हर इंसान अपनी feelings बोलकर नहीं जताता। कई बार उसका चेहरा, उसकी आँखें और उसकी body language ही उसकी सबसे सच्ची जुबान होती हैं।
अगर आपका Partner ज़्यादा चुप रहने लगा है, आँखों में थकान दिख रही है, मुस्कान पहले जैसी नहीं रही या वह बातों में रुचि नहीं ले रहा, तो यह संकेत हो सकता है कि उसके दिल में कुछ चल रहा है।
इन Silent Signals को समझना मतलब है – बिना पूछे भी यह महसूस कर लेना कि सामने वाला ठीक नहीं है। यही असली समझदारी होती है।

2. Mood Swings को समझें

कभी-कभी Partner का मूड अचानक बदल जाता है। वह पहले खुश था और थोड़ी देर बाद चुप या परेशान दिखने लगता है। अक्सर लोग ऐसे बदलावों को "नखरे" समझकर ignore कर देते हैं।
लेकिन सच यह है कि mood swings के पीछे कोई न कोई वजह ज़रूर होती है – तनाव, थकान, किसी बात की चोट या अंदर की उलझन।
अगर आप प्यार से पूछें, "सब ठीक है?" तो सामने वाला खुद को अकेला महसूस नहीं करेगा। समझदारी यही है कि बदलाव को नज़रअंदाज़ न करें, बल्कि उसके पीछे की भावना को समझने की कोशिश करें।

3. छोटे Gestures से Connect करें

हर बार शब्दों की ज़रूरत नहीं होती।
कभी-कभी एक हल्की मुस्कान, कंधे पर हाथ रखना, या उनकी चुप्पी में बस साथ बैठ जाना – यह सब बहुत गहरा असर करता है।
ये छोटे-छोटे gestures यह दिखाते हैं कि आप उनके साथ हैं, चाहे वह कुछ कहें या न कहें।
जब Partner यह महसूस करता है कि कोई बिना बोले भी उसका साथ दे रहा है, तो उसके दिल को सुकून मिलता है।

4. बिना Judge किए सुनें

जब आपका Partner अपनी feelings शेयर करे, तो उसे तुरंत गलत ठहराना या हल्के में लेना सबसे बड़ी गलती होती है।
“इतनी सी बात पर क्यों परेशान हो?”
ऐसे शब्द उसकी भावनाओं को और चोट पहुँचाते हैं।
बेहतर है कि आप शांति से सुनें, बिना टोके, बिना जज किए।
सिर्फ़ यह कह देना – “मैं समझ सकता/सकती हूँ कि तुम्हें बुरा लगा” – कई बार किसी के दिल का बोझ हल्का कर देता है।

Partner की भावनाओं कोJudgeक्यों नहीं करना चाहिए?

किसी भी रिश्ते में सबसे ज़रूरी चीज़ होती है **समझ**। जब आपका Partner अपनी feelings आपसे शेयर करता है, तो वह सिर्फ़ बातें नहीं कह रहा होता, बल्कि अपना दिल खोल रहा होता है। अगर उसी समय आप उसकी भावनाओं को judge करने लगते हैं – जैसे “इतनी सी बात पर क्यों दुखी हो?” या “तुम बेवजह सोच रहे हो” – तो उसे यह महसूस होता है कि उसकी feelings की कोई क़दर नहीं है।

हर इंसान अलग तरह से महसूस करता है। जो बात आपको छोटी लग सकती है, वही आपके Partner के लिए बहुत गहरी हो सकती है। Feelings का कोई सही या गलत मापदंड नहीं होता। जब आप judge करते हैं, तो सामने वाला धीरे-धीरे चुप रहने लगता है, अपनी बातें शेयर करना बंद कर देता है और अंदर ही अंदर टूटने लगता है।

Judge न करने से Partner को यह एहसास होता है कि वह इस रिश्ते में **सुरक्षित** है, उसकी भावनाएँ **महत्वपूर्ण** हैं और उसे समझा जा रहा है। यही एहसास रिश्ते को मजबूत बनाता है।

याद रखो:

Feelings को सही-गलत साबित करने से रिश्ता

कमजोर होता है,
लेकिन Feelings को समझने से रिश्ता गहरा होता है।

निष्कर्ष (Conclusion)

अपने Partner की भावनाओं को समझना कोई जादू नहीं, बल्कि प्यार, धैर्य और ध्यान की कला है। हर इंसान अपनी feelings अलग तरह से महसूस करता है और हर बार शब्दों में सब कुछ कह पाना आसान नहीं होता। इसलिए रिश्ते सिर्फ़ बातों से नहीं, बल्कि चुप्पी, नज़रों, छोटे gestures और समझ से चलते हैं।

जब आप बिना जज किए सुनते हैं, ज़रूरत पड़ने पर space देते हैं, और बिना बोले भी साथ निभाते हैं, तब आपका Partner खुद को सुरक्षित और समझा हुआ महसूस करता है। यही एहसास रिश्ते को मज़बूत, गहरा और सुकून भरा बनाता है।

सच्चा प्यार वही है जहाँ
समझ सवालों से ज़्यादा होती है,
और अपनापन शब्दों से ज़्यादा।

याद रखिए...

"जो शब्दों से नहीं कहा जाता, वही भावनाएँ दिल से समझी जाती हैं।"

9

Relationship में Abuse Language क्यों नहीं इस्तेमाल करनी चाहिए?

रिश्ता सिर्फ़ साथ रहने का नाम नहीं होता, बल्कि एक-दूसरे को समझने, अपनाने और सम्मान देने का नाम होता है। प्यार तब ही सुकून देता है जब उसमें इज़्ज़त, भरोसा और नरमी हो।

लेकिन कई बार गुस्से, तनाव या गलतफहमी के कारण रिश्तों में abusive language आ जाती है – जैसे ताने, अपमानजनक शब्द या नीचा दिखाने वाली बातें। लोग सोचते हैं कि ये सब गुस्से में कहा गया, इसका कोई मतलब नहीं होता, लेकिन सच यह है कि शब्दों का असर बहुत गहरा होता है।

कठोर और अपमानजनक भाषा सिर्फ़ कानों तक नहीं जाती, बल्कि दिल तक पहुँचती है। यह सामने वाले की भावनाओं को चोट पहुँचाती है, उसके आत्मसम्मान को तोड़ती है और धीरे-धीरे रिश्ते में डर, दूरी और कड़वाहट भर देती है। कई बार इंसान बाहर से चुप रहता है, लेकिन

अंदर से टूट रहा होता है। वह अपनी बात कहना बंद कर देता है, क्योंकि उसे लगता है कि यहाँ समझने की जगह सिर्फ़ ताने मिलेंगे। एक स्वस्थ रिश्ता वह होता है जहाँ मतभेद हों, लेकिन इज़्ज़त बनी रहे। जहाँ गुस्सा हो, लेकिन शब्दों में ज़हर न हो। जहाँ लड़ाई हो, लेकिन अपमान न हो।

Abusive language रिश्ते को मज़बूत नहीं बनाती, बल्कि उसे अंदर से खोखला कर देती है।

इसलिए यह समझना ज़रूरी है कि रिश्ते में कैसे बोलना है उतना ही अहम है जितना क्या बोलना है। शब्दों में नरमी, लहजे में सम्मान और दिल में समझदारी – यही किसी भी रिश्ते को सुरक्षित और खूबसूरत बनाता है।

Abusive Language रिश्ते को कैसे तोड़ती है?

रिश्ते प्यार, समझ, भरोसे और Respect से बनते हैं। यही वो नींव होती है जिस पर दो दिल एक-दूसरे के साथ ज़िंदगी बिताने का फैसला करते हैं। लेकिन जब इन्हीं रिश्तों में गुस्से, अपमान और कठोर शब्दों की जगह बनने लगती है, तो प्यार धीरे-धीरे दर्द में बदलने लगता है। जो रिश्ता कभी सुकून देता था, वही रिश्ता बोझ लगने लगता है।

शब्दों की ताक़त बहुत गहरी होती है। वे सिर्फ़ आवाज़ नहीं होते, बल्कि भावनाओं का असर होते हैं। वही शब्द किसी के चेहरे पर मुस्कान ला सकते हैं, दिल को सुकून दे सकते हैं, और टूटे हुए मन को संभाल सकते हैं। लेकिन वही शब्द अगर गुस्से, तानों और अपमान से भरे हों, तो सीधे दिल पर चोट करते हैं।

1. शब्द दिल को चोट पहुँचाते हैं

जब आप गुस्से में अपने Partner से कठोर या अपमानजनक भाषा में बात करते हैं, तो वह सिर्फ़ कानों तक नहीं जाती, वह सीधे दिल तक लगती है। शब्दों में छुपा हुआ गुस्सा, ताना और बेइज़्ज़ती सामने वाले को यह महसूस कराती है कि उसकी क़द्र नहीं हो रही।

प्यार में सबसे ज़रूरी होती है इज़्ज़त। लेकिन abusive words उस इज़्ज़त को तोड़ देते हैं। धीरे-धीरे आपका Partner खुलकर बात करना बंद कर देता है, क्योंकि उसे डर लगने लगता है कि कहीं फिर से उसकी भावनाओं का मज़ाक न उड़ाया जाए, या उसे नीचा न दिखा दिया जाए। वह चुप रहने लगता है, अपने दर्द को अंदर ही दबाने लगता है, और रिश्ता धीरे-धीरे खामोशी में बदलने लगता है।

2. Trust कमजोर हो जाता है

हर रिश्ता भरोसे पर टिका होता है। जब आप बार-बार harsh या abusive language का इस्तेमाल करते हैं, तो सामने वाला emotionally safe महसूस नहीं करता| उसे लगता है कि इस रिश्ते में उसकी feelings की कद्र नहीं है, उसकी बातें सुनी नहीं जातीं, और उसका सम्मान नहीं किया जाता।

जहाँ भरोसा नहीं होता, वहाँ रिश्ता सिर्फ़ चलता है, लेकिन महसूस नहीं होता। वह रिश्ता बोझ बन जाता है, जिसमें साथ तो होता है, पर सुकून नहीं होता।

3. Communication बिगड़ जाती है

Abusive language बातचीत को सुलझाने के बजाय और बिगाड़ देती है। जब शब्दों में गुस्सा और अपमान होता है, तो सामने वाला आपकी बात समझने के बजाय खुद को बचाने लगता है।

वह सोचने लगता है –

“मैं कुछ भी कहूँ, मुझे डाँट ही पड़ेगी।”

इससे असली समस्या कभी solve नहीं होती, बल्कि और गहरी हो जाती है। Healthy relationship में बात शांति से होती है, समझदारी से होती है, न कि अपमान से। जहाँ आवाज़ ऊँची होती है, वहाँ दिल की बात दब जाती है।

4. Emotional Damage होता है

बार-बार अपमानजनक शब्द सुनने से इंसान का आत्मविश्वास टूटने लगता है। Partner खुद को कमज़ोर, बेकार या नाकाफ़ी समझने लगता है।

वह सोचने लगता है – "शायद मेरी ही गलती है।" "शायद मैं ही सही नहीं हूँ।"

यह सिर्फ़ रिश्ते को नहीं, इंसान की mental health को भी नुकसान पहुँचाता है। धीरे-धीरे वह खुश रहना भूलने लगता है, खुद से प्यार करना छोड़ देता है, और अंदर ही अंदर टूटने लगता है।

निष्कर्ष (Conclusion)

रिश्ते सिर्फ़ साथ रहने से नहीं, बल्कि सम्मान और समझ से टिकते हैं। Abusive language गुस्से में निकल सकती है, लेकिन उसका असर दिल पर लंबे समय तक रहता है। कठोर शब्द रिश्ते को सुलझाते नहीं, बल्कि अंदर से तोड़ देते हैं। सच्चा प्यार वही है जो बहस के समय भी इज़्ज़त न छोड़े, जो गुस्से में भी इंसानियत बनाए रखे और जो शब्दों से नहीं, बल्कि समझदारी से रिश्ता निभाए। जब लहजा नरम होता है, तो बात दिल तक पहुँचती है, और जब शब्दों में सम्मान होता है, तो रिश्ता मजबूत और सुरक्षित बनता है|

याद रखिए:

शब्द घाव भी दे सकते हैं और मरहम भी। अब यह आप पर है कि आप अपने रिश्ते को तोड़ना चाहते हैं या बचाना।

10

शादी के बाद प्यार में ताज़गी कैसे बनाए रखें?

शादी के बाद ज़िंदगी की रफ्तार बदल जाती है। पहले जहाँ बातें घंटों चलती थीं, अब ज़िम्मेदारियाँ बोलने लगती हैं। काम का दबाव, घर की परेशानियाँ, बच्चों की ज़रूरतें और समाज की उम्मीदें – इन सबके बीच रिश्ते के लिए समय निकालना मुश्किल हो जाता है। धीरे-धीरे प्यार "special moments" से निकलकर "routine" का हिस्सा बन जाता है। और यहीं से लोगों को लगने लगता है कि शायद शादी के बाद Romance खत्म हो गया।

लेकिन सच यह है – Romance खत्म नहीं होता, बस उसे जताने का तरीका बदल जाता है। प्यार अब बड़े surprises में नहीं, छोटी care में दिखता है। अब रोमांस long chats में नहीं, साथ बैठकर चाय पीने में मिलता है।

जैसे किसी पौधे को रोज़ पानी चाहिए, वैसे ही रिश्ते को भी रोज़ attention चाहिए। थोड़ा समय, थोड़ी शरारत, और बहुत सारा अपनापन।

याद रखिए –
"प्यार अगर आदत बन जाए,
तो उसे ताज़ा रखना ज़िम्मेदारी बन जाता है।"

अब आइए जानते हैं कि कैसे शादी के बाद भी रिश्ते में वही गर्माहट, वही मुस्कान और वही प्यार ज़िंदा रखा जा सकता है।

शादी के बाद प्यार में ताज़गी कैसे बनाए रखें?

शादी के बाद ज़िंदगी सिर्फ़ दो लोगों की नहीं रहती, बल्कि ज़िम्मेदारियों, परिवार, काम और समाज की उम्मीदों से जुड़ जाती है। ऐसे में प्यार पीछे छूटने लगता है, रोमांस कम हो जाता है और रिश्ता धीरे-धीरे एक routine बन जाता है। लेकिन अगर थोड़ा सा ध्यान, समझदारी और दिल से कोशिश की जाए, तो शादी के बाद भी प्यार उतना ही ताज़ा और खूबसूरत रह सकता है जितना शुरुआत में था।

1. रोज़-रोज़ "साथ" महसूस कराइए

एक ही घर में रहना और दिल से साथ रहना – ये दोनों अलग बातें हैं। कई couples दिन भर साथ रहते हैं, लेकिन emotionally दूर होते हैं। सुबह जल्दी काम पर जाना, रात को थके हुए लौटना, मोबाइल में उलझे रहना – इससे रिश्ता सिर्फ़ चल रहा होता है, जीया नहीं जा रहा होता।

दिन में कम से कम 10–15 मिनट ऐसा निकालिए जहाँ सिर्फ़ आप और आपका Partner हों। बिना मोबाइल, बिना काम की बातें, बिना distractions। बस एक-दूसरे से पूछिए –
"आज का दिन कैसा रहा?"
"तुम थके तो नहीं हो?"

यह छोटी सी बातचीत दिलों को फिर से जोड़ देती है।

2. छोटे Surprise, बड़ा असर

Romance का मतलब महंगे gifts या बड़े plans नहीं होते। असली प्यार छोटे gestures में छुपा होता है।

कभी अचानक Favourite खाना बना देना
कभी lunch box में प्यारा सा note रख देना
कभी बिना वजह "I miss you" लिख देना

ये छोटी-छोटी बातें Partner को यह महसूस कराती हैं कि
"तुम आज भी मेरे लिए special हो।"

Surprise का मकसद impress करना नहीं,
अपनापन दिखाना होता है।

3. तारीफ करना मत छोड़िए

शादी के बाद लोग मान लेते हैं कि अब तारीफ की ज़रूरत नहीं।
"अब तो अपना ही है" "अब क्या तारीफ करें"

लेकिन सच यह है कि इंसान को हमेशा यह महसूस होना चाहिए कि वह important है।

"तुम अच्छे लग रहे हो"
"तुमने बहुत अच्छा किया"
"मुझे तुम पर गर्व है"

ये शब्द Partner के दिल को छू जाते हैं और रिश्ते में नई ऊर्जा भर देते हैं।

4. एक-दूसरे को Time दीजिए

काम, बच्चे, परिवार – सब ज़रूरी हैं।
लेकिन अगर Partner हमेशा last priority बन जाए,
तो रिश्ता धीरे-धीरे ठंडा पड़ने लगता है।

कभी बाहर घूमने जाएँ
कभी साथ मूवी देखें
कभी बिना किसी वजह बस साथ बैठें

Time देने का मतलब सिर्फ़ साथ होना नहीं,
बल्कि साथ महसूस करना है।

Conclusion

शादी के बाद प्यार खत्म नहीं होता, बस उसे ज़िंदा रखने की ज़िम्मेदारी आ जाती है। प्यार attention चाहता है समय चाहता है और थोड़ा सा दिल से किया गया रोमांस। जहाँ कोशिश दोनों तरफ़ से होती है, वहाँ प्यार कभी पुराना नहीं पड़ता।

11

खुद से प्यार करना (Self- Love)

हम ज़िंदगी में बहुत कुछ सीखते हैं – पढ़ाई, काम, रिश्ते निभाना, लोगों को खुश रखना। लेकिन एक सबसे ज़रूरी चीज़ अक्सर कोई नहीं सिखाता – **खुद से प्यार करना**।

बचपन से हमें यह बताया जाता है कि दूसरों की उम्मीदों पर खरा उतरना ज़रूरी है, परिवार को खुश रखना ज़रूरी है और समाज के हिसाब से चलना ज़रूरी है। इस पूरी कोशिश में हम धीरे-धीरे खुद को पीछे छोड़ देते हैं। अपनी feelings दबा देते हैं, अपनी ज़रूरतों को नज़रअंदाज़ कर देते हैं और यह मान लेते हैं कि हमारी खुशी दूसरों से कम ज़रूरी है। यहीं से Self-Love की कमी शुरू होती है।

Self-Love का मतलब घमंड करना नहीं होता, न ही खुद को दूसरों से बेहतर समझना। इसका असली मतलब है – खुद को समझना, स्वीकार करना और सम्मान देना। जब तक इंसान खुद से प्यार नहीं करता, तब तक वह किसी और को भी सच्चे दिल से प्यार नहीं कर पाता। क्योंकि जो इंसान अंदर से खाली होता है, वह बाहर सिर्फ़ उम्मीदें बाँटता है। खुद से प्यार करना आपको अंदर से मज़बूत बनाता है, आपके रिश्तों को बेहतर बनाता है और आपको वो इंसान बनने में मदद करता है जो आप असल में हैं।

Self-Love हमें अंदर से मज़बूत बनाता है

जब आप खुद से प्यार करना सीख लेते हैं, तो आपकी value किसी और के व्यवहार पर depend नहीं करती। कोई आपकी तारीफ़ करे या न करे, कोई आपको समझे या न समझे – आप अंदर से stable रहते हैं। आपकी ख़ुशी और आत्मसम्मान बाहरी approval पर नहीं टिके होते। आप हर rejection को अपनी कमी नहीं मानते और हर गलती पर खुद को दोष देने की आदत छोड़ देते हैं।

Self-Love से रिश्ते बेहतर होते हैं

जो इंसान खुद को respect देना जानता है, वही दूसरों को भी दिल से respect दे पाता है। जब आप खुद को पूरी तरह खोकर किसी से प्यार करते हैं, तो रिश्ता धीरे-धीरे बोझ बन जाता है, क्योंकि उसमें आपकी पहचान और खुशियाँ कहीं पीछे छूट जाती हैं। लेकिन जब आप खुद से प्यार करते हुए किसी से प्यार करते हैं, तो रिश्ता balanced रहता है। आप अपने Partner से जुड़ते हैं, उसका साथ निभाते हैं, लेकिन अपनी पहचान और self-respect को खोए बिना।

Self-Love आपको Toxic रिश्तों से बचाता है

जो इंसान खुद को कम समझता है, वह अक्सर हर तरह का गलत व्यवहार सह लेता है—ignore होना, अपमान सहना, emotional दर्द झेलना—क्योंकि उसे लगता है कि शायद वह इससे बेहतर प्यार के क़ाबिल नहीं है। वह खुद को ही दोष देने लगता है और सोचता है कि "शायद गलती मेरी ही है।" लेकिन जब आप खुद से प्यार करना सीख लेते हैं, तो आपकी सोच बदलने लगती है। आपको अपनी क़ीमत समझ आने लगती है और आप जान जाते हैं कि आप सम्मान, समझ और सच्चे प्यार के हक़दार हैं।

Self-Love आपका Confidence बढ़ाता है

जब आप खुद को अपनी कमज़ोरियों और खूबियों के साथ स्वीकार कर लेते हैं, तो आपका confidence अपने आप मज़बूत हो जाता है। आपको किसी और जैसा बनने की ज़रूरत नहीं रहती, क्योंकि आप अपनी पहचान से खुश होते हैं। आप fake होने की कोशिश नहीं करते, बल्कि real रहते हैं। जब इंसान खुद से संतुष्ट होता है, तो उसे दूसरों से validation लेने की ज़रूरत नहीं पड़ती। वह जानता है कि उसकी value किसी comparison से तय नहीं होती। Self-Love आपको यह एहसास दिलाता है कि आपको खुद को साबित करने की ज़रूरत नहीं है, क्योंकि जो इंसान खुद जैसा होता है, वही सबसे ज़्यादा confident और attractive होता है।

Self-Love आपको Emotional Peace देता है

जो इंसान खुद से प्यार करता है, वह हर छोटी बात पर टूटता नहीं और हर गलती पर खुद को सज़ा नहीं देता। वह यह समझता है कि गलतियाँ इंसान से होती हैं, और उनसे सीखकर आगे बढ़ना ही असली ताक़त है। Self-Love सिखाता है खुद को माफ़ करना, अपने दिल को हल्का रखना और बीते हुए कल में उलझे बिना आज को जीना। जब आप अपनी क़ीमत खुद समझने लगते हैं, तो दूसरों की expectations का बोझ आपकी ज़िंदगी पर हावी नहीं होता। आप comparison और pressure से निकलकर शांति, संतुलन और सुकून के साथ जीना सीखते हैं। यही Emotional Peace असली खुशहाली की शुरुआत होती है।

Self-Love का मतलब Selfish होना नहीं

खुद से प्यार करने का मतलब यह नहीं कि आप सिर्फ़ अपने बारे में सोचें और दूसरों की परवाह करना छोड़ दें। बल्कि इसका असली मतलब है अपनी boundaries को समझना, अपनी mental health का ख्याल रखना और खुद की ज़रूरतों को पहचानना। जब आप खुद के साथ ईमानदार होते हैं, अपनी भावनाओं को समझते हैं और अपने लिए सही फैसले लेते हैं, तभी आप अंदर से मज़बूत बनते हैं।

खुद से प्यार करना एक रोज़ की आदत है

खुद से प्यार करना कोई एक दिन की feeling नहीं होती, बल्कि यह रोज़ की practice होती है। Self-Love का मतलब यह नहीं कि आप हमेशा खुश रहें, बल्कि यह कि आप खुद को हर हाल में समझें और अपनाएँ। खुद से अच्छे शब्द बोलना, अपनी गलतियों के लिए खुद को माफ़ करना, अपनी ज़रूरतों को पहचानना और अपने लिए थोड़ा समय निकालना—यही असली Self-Love है। जब आप अपनी feelings को दबाने के बजाय उन्हें समझते हैं, तो दिल हल्का महसूस करने लगता है। धीरे-धीरे यह एक आदत बन जाती है, और आप ज़िंदगी को ज़्यादा शांति, सुकून और आत्मविश्वास के साथ जीने लगते हैं। क्योंकि जब इंसान खुद के साथ सही रिश्ता बना लेता है, तो बाहरी दुनिया की परेशानियाँ भी उतनी भारी नहीं लगतीं।

निष्कर्ष (Conclusion)

दुनिया आपको तब प्यार करेगी, जब आप खुद को प्यार करना सीखेंगे। Self-Love कोई luxury या घमंड नहीं है, बल्कि यह एक ज़रूरी आदत है, जो इंसान को अंदर से मज़बूत बनाती है। जब आप खुद की कद्र करते हैं, अपनी भावनाओं, सीमाओं और खुशियों को महत्व देते हैं, तब आप दूसरों से भी सही तरह से जुड़ पाते हैं। जो इंसान खुद से प्यार करता है, वही अपने रिश्तों में respect, समझ और सच्ची care दे पाता है। क्योंकि जब दिल अंदर से भरा होता है, तब ही वह बाहर भी प्यार बाँट

सकता है।

याद रखिएः

आप इस दुनिया में किसी से कम नहीं हैं, और खुद से प्यार करना सबसे सच्चा रिश्ता है।

12

One-Sided Love: जब एहसास अधूरा रह जाए

One-Sided Love वो एहसास है जिसमें दिल पूरी सच्चाई से किसी एक इंसान को चाहता है, लेकिन सामने वाला उसी गहराई से महसूस नहीं करता। आप उसके लिए अपनी भावनाएँ, समय, उम्मीदें और अपने दिन-रात तक लगा देते हैं, लेकिन बदले में आपको वही चाहत, वही अपनापन और वही जुड़ाव नहीं मिलता। आप उसके एक मैसेज से खुश हो जाते हैं, उसके "हाँ" कहने से उम्मीद बाँध लेते हैं और उसकी चुप्पी से खुद को तोड़ लेते हैं। फिर भी आप उसे छोड़ नहीं पाते। क्योंकि दिल को समझाना आसान नहीं होता।

One-Sided Love में इंसान सिर्फ़ किसी को नहीं चाहता, बल्कि वह उस उम्मीद को चाहता है कि शायद एक दिन सामने वाला भी उसे उसी तरह महसूस करेगा। वह हर दिन खुद से कहता है –

"शायद कल सब बदल जाए।"

"शायद उसे मेरी अहमियत समझ आ जाए।"

One-Sided Love खूबसूरत भी होता है और दर्दनाक भी। खूबसूरत इसलिए क्योंकि उसमें सच्ची भावना होती है, और दर्दनाक इसलिए क्योंकि उसमें बराबरी नहीं होती।

One-Sided Love के एहसास क्या हैं?

1. आप ज़्यादा महसूस करते हैं

One-Sided Love में आप सामने वाले की हर छोटी-सी बात को दिल से महसूस करते हैं। उसका मूड थोड़ा-सा भी बदल जाए, तो आपका दिन खराब हो जाता है। उसकी हँसी आपको खुश कर देती है, और उसकी चुप्पी आपको बेचैन कर देती है। आप उसकी बातों के पीछे छुपे मतलब ढूँढते हैं, उसके शब्दों में छिपी भावनाओं को पढ़ने की कोशिश करते हैं, क्योंकि आपके लिए वह इंसान सिर्फ़ एक नाम नहीं, बल्कि एक एहसास बन चुका होता है।

2. आप हमेशा इंतज़ार में रहते हैं

One-Sided Love में इंसान का ज़्यादातर समय सिर्फ़ इंतज़ार में गुजरता है। आप हर दिन एक छोटे से इशारे की उम्मीद रखते हैं—एक मैसेज, एक कॉल, या बस एक **"I miss you।"** फोन बार-बार हाथ में आ जाता है, हर notification पर दिल तेज़ धड़कता है, और मन यही सोचता रहता है कि शायद आज वह आपको थोड़ा-सा ही सही, खास महसूस कराएगा। आप खुद से कहते हैं, **"शायद आज उसे मेरी याद आई होगी," "शायद आज वह मेरी feelings को समझ पाएगा।"** लेकिन ज़्यादातर बार आपको सिर्फ़ इंतज़ार मिलता है—ना कोई मैसेज, ना कोई कॉल, ना कोई ऐसा एहसास कि आप किसी के लिए ज़रूरी हैं। फिर भी आप रुकते नहीं, क्योंकि दिल अब भी उम्मीद से जुड़ा रहता है। आप खुद को समझाते हैं कि वह व्यस्त होगा, उसकी ज़िंदगी में बहुत कुछ चल रहा

होगा, शायद बाद में बात करेगा।

3. आप खुद को कम समझने लगते हैं

आप खुद को कम समझने लगते हैं।
जब आपकी भावनाओं की क़दर नहीं होती, जब आपकी कोशिशों को देखा नहीं जाता और आपके प्यार को हल्के में लिया जाता है, तो इंसान धीरे-धीरे खुद पर शक करने लगता है। उसे लगने लगता है कि शायद वह काफ़ी अच्छा नहीं है, शायद उसी में कोई कमी है। वह अपनी हर बात, हर आदत और हर भावना को गलत ठहराने लगता है।

"शायद मैं ज़्यादा उम्मीद करता हूँ।"
"शायद मैं ज़्यादा attach हो जाता हूँ।"
"शायद मैं ही कमज़ोर हूँ।"

4. आप अपनी ज़रूरतें भूल जाते हैं

One-Sided Love में इंसान धीरे-धीरे अपनी ही ज़रूरतों को नज़रअंदाज़ करने लगता है। वह सामने वाले की खुशी को अपनी खुशी से ऊपर रख देता है। उसे यह भी याद नहीं रहता कि उसे क्या चाहिए, उसे किस बात से दर्द होता है, और उसे किस चीज़ की कमी महसूस होती है। वह अपनी भावनाएँ दबा लेता है, अपनी तकलीफ़ छुपा लेता है, बस इसलिए कि सामने वाला खुश रहे और रिश्ता बना रहे।

5. One-Sided Love एक सीख भी है

One-Sided Love भले ही अधूरा हो, लेकिन यह इंसान को ज़िंदगी की बहुत बड़ी सीख देता है। जब हम किसी से दिल से प्यार करते हैं और बदले में वही प्यार नहीं मिलता, तो सबसे पहले हमें अपनी ही feelings की क़दर करना सीखना पड़ता है। हमें समझ आता है कि हमारी भावनाएँ मज़ाक नहीं हैं, वे भी उतनी ही सच्ची और अहम हैं जितनी किसी और

की। यह अनुभव हमें खुद से प्यार करना सिखाता है, क्योंकि जब सामने से अपनापन नहीं मिलता, तब इंसान अपने आप को संभालना सीखता है।

One-Sided Love से मिलने वाली सीख

One-Sided Love हमें यह सिखाता है कि प्यार सिर्फ़ देना ही नहीं होता, पाने का हक़ भी होता है। जब आप सिर्फ़ देते जाते हैं और बदले में सिर्फ़ उम्मीदें मिलती हैं, तो वह प्यार धीरे-धीरे दर्द बन जाता है।

यह हमें सिखाता है कि हमारी feelings की कीमत है और हमें ऐसा प्यार deserve है जहाँ हमें भी वही महत्व मिले।

सबसे बड़ी सीख यह होती है कि खुद से प्यार करना ज़रूरी है।

जब आप अपनी भावनाओं की क़दर करना सीखते हैं,
तब आप यह भी समझ पाते हैं कि
आपको ऐसे रिश्ते में नहीं रहना चाहिए
जहाँ आपकी क़दर न हो।

प्यार में बराबरी क्यों मायने रखती है?

प्यार में बराबरी इसलिए मायने रखती है, क्योंकि प्यार सिर्फ़ महसूस करने का नाम नहीं है, उसे निभाने का नाम भी है। जब किसी रिश्ते में एक इंसान ज़्यादा देता है और दूसरा कम, तो वह रिश्ता धीरे-धीरे थकाने वाला बन जाता है। बराबरी का मतलब यह नहीं कि दोनों हर चीज़ बिल्कुल एक जैसी करें, बल्कि यह कि दोनों की feelings, efforts और अहमियत समान रूप से मानी जाए।

जब प्यार में बराबरी होती है, तो कोई भी इंसान खुद को अकेला या कमतर महसूस नहीं करता। दोनों सुनते हैं, दोनों समझते हैं, दोनों कोशिश करते हैं। वहाँ एक इंसान हमेशा इंतज़ार में नहीं रहता और दूसरा हमेशा busy नहीं होता। वहाँ एक दिल टूटता नहीं और दूसरा बेख़बर नहीं रहता। बराबरी रिश्ते को संतुलन देती है, जहाँ प्यार बोझ नहीं बनता,

बल्कि सुकून देता है।

अपनी feelings की क़दर कैसे करें?

अपनी feelings की क़दर करना सबसे पहले यह मानने से शुरू होता है कि जो आप महसूस कर रहे हैं, वह गलत या बेकार नहीं है। खुशी हो, दुख हो, गुस्सा हो या उलझन—हर भावना किसी वजह से आती है। खुद से यह कहना ज़रूरी है कि "जो मैं महसूस कर रहा/रही हूँ, वह valid है।"

अपनी feelings को दबाने या नज़रअंदाज़ करने के बजाय उन्हें समझने की कोशिश करें। खुद से पूछें कि आपको क्या परेशान कर रहा है और क्यों। जब ज़रूरत हो, अपनी बात किसी भरोसेमंद इंसान से साझा करें या खुद के लिए थोड़ा समय निकालें। सबसे ज़रूरी बात—खुद को दोष न दें। अपनी भावनाओं का सम्मान करना मतलब खुद का सम्मान करना, और यही आदत आपको emotionally strong बनाती है।

खुद से प्यार क्यों ज़रूरी है?

खुद से प्यार इसलिए ज़रूरी है, क्योंकि इंसान का सबसे गहरा रिश्ता खुद के साथ होता है। जब आप खुद की क़दर करते हैं, तो आपकी value किसी और के व्यवहार या approval पर depend नहीं करती। Self-Love आपको emotionally strong बनाता है, जिससे आप rejection और मुश्किल हालात को बेहतर तरीके से संभाल पाते हैं।

खुद से प्यार करना रिश्तों को भी healthy बनाता है। आप toxic रिश्तों में खुद को नहीं खोते और अपनी self-respect बनाए रखते हैं। Self-Love ego नहीं है, बल्कि एक ज़रूरत है—क्योंकि जो इंसान खुद से प्यार करता है, वही दूसरों को भी सच्चे दिल से प्यार दे पाता है।

Conclusion

One-Sided Love गलत नहीं होता, बस अधूरा होता है। यह दिल की सच्चाई दिखाता है, लेकिन ज़िंदगी की हक़ीक़त भी सिखाता है। प्यार तब ही खूबसूरत होता है जब वह दोनों तरफ़ से हो। वरना वह सिर्फ़ एक एहसास बनकर दिल में रह जाता है –
कभी मीठी याद बनकर, तो कभी गहरी तकलीफ़ बनकर। लेकिन यही अधूरा प्यार इंसान को मज़बूत भी बनाता है। यह सिखाता है कि अगली बार दिल वहाँ लगाना है जहाँ उसकी क़दर हो। क्योंकि सच्चा प्यार सिर्फ़ महसूस नहीं कराया जाता, वह महसूस भी किया जाता है।

याद रखिए...

"जिस प्यार में आपकी क़दर न हो,वह प्यार नहीं, आपकी परीक्षा होती है। और जहाँ आपकी क़दर हो, वहीं आपकी जगह होती है।"

13

रोज़ाना Partner को Special कैसे महसूस कराए?

अक्सर लोग सोचते हैं कि Partner को special feel कराने के लिए कोई बड़ा surprise, expensive gift या खास दिन होना ज़रूरी है। Birthday, anniversary या Valentine's Day पर थोड़ी extra कोशिश कर ली — बस वही प्यार है।
लेकिन सच्चाई इससे बिल्कुल अलग है।

असल में Partner को special महसूस कराने की ज़रूरत रोज़ होती है, क्योंकि रिश्ता रोज़ निभाया जाता है। प्यार सिर्फ़ खास दिनों का नहीं, बल्कि आम दिनों का एहसास होता है। वही दिन जब थकान होती है, जब मन ठीक नहीं होता, जब ज़िंदगी routine लगने लगती है — उन्हीं दिनों में अगर आपका Partner खुद को important, wanted और valued महसूस करे, तो रिश्ता अपने आप मजबूत होता चला जाता है।

रोज़ाना special feel कराना किसी बड़े काम का नाम नहीं है। यह छोटी-छोटी आदतों, शब्दों और व्यवहार से आता है। जब आपका Partner यह महसूस करने लगे कि

"मेरी मौजूदगी मायने रखती है",
तभी रिश्ता सच में ज़िंदा रहता है।

1. दिन की शुरुआत Partner से करें

दिन की शुरुआत अगर Partner की मौजूदगी या उसकी याद से हो, तो पूरे दिन का mood अपने आप बेहतर हो जाता है। सुबह का पहला पल रिश्ते के लिए बहुत अहम होता है, क्योंकि वही पल पूरे दिन की energy तय करता है। उठते ही एक प्यारी-सी smile, एक सादा सा "Good Morning", या कुछ सेकंड का warm hug—ये छोटी बातें दिल को सुकून देती हैं।

सुबह अगर आप बस इतना कह दें— **"आज का दिन अच्छा जाएगा,"** तो सामने वाले को यह एहसास होता है कि कोई है जो उसके दिन की शुरुआत में उसके साथ है, चाहे वह physically पास हो या नहीं। यह भरोसा पूरे दिन साथ चलता है।

2. ध्यान से सुनना — बिना Mobile, बिना Distraction

Partner को special feel कराने का सबसे आसान और सबसे powerful तरीका है—पूरी तरह सुनना। सुनना सिर्फ़ शब्दों को सुनना नहीं होता, बल्कि सामने वाले की feelings को समझना होता है। जब वह कुछ बता रहा हो और आप बार-बार mobile देखें, "हम्म" कहकर बात टाल दें या जल्दी-जल्दी जवाब दें, तो उसे यह एहसास होने लगता है कि उसकी बातें ज़रूरी नहीं हैं।

लेकिन जब आप मोबाइल साइड में रखकर, उसकी आँखों में देखकर, बिना टोके उसकी बात सुनते हैं, तो वह खुद को seen और valued महसूस करता है। उसे लगता है कि इस रिश्ते में उसकी आवाज़ मायने रखती है।

3. छोटी-छोटी तारीफ़ें (Compliments) देना

हम अक्सर यह मान लेते हैं कि तारीफ़ तो रिश्ते की शुरुआत में होती है। जब रिश्ता नया होता है, तब हर बात पर एक-दूसरे को सराहा जाता है। लेकिन जैसे-जैसे रिश्ता "पक्का" हो जाता है, तारीफ़ें कम होने लगती हैं। यही वह जगह होती है जहाँ रिश्ता धीरे-धीरे सूखा सा महसूस होने लगता है।

सच यह है कि इंसान को तारीफ़ हमेशा चाहिए होती है, चाहे रिश्ता कितना ही पुराना क्यों न हो। छोटी-छोटी तारीफ़ें Partner को यह एहसास दिलाती हैं कि वह आज भी आपके लिए खास है, कि उसकी कोशिशें और उसकी मौजूदगी अब भी मायने रखती हैं।

4. बिना वजह Care दिखाना

Partner को special feel कराने के लिए हमेशा कोई खास reason या मौका होना ज़रूरी नहीं होता। असली प्यार वही होता है जो बिना वजह care दिखाए। जब care किसी मजबूरी या ज़रूरत की वजह से नहीं, बल्कि दिल से आती है, तब उसका असर कहीं ज़्यादा गहरा होता है।

रोज़मर्रा की ज़िंदगी में छोटी-छोटी care सामने वाले को यह एहसास दिलाती है कि वह इस रिश्ते में अकेला नहीं है।

5. छोटे Messages और अचानक Words

दिन भर की भागदौड़, काम का दबाव और ज़िम्मेदारियों के बीच यह मुमकिन नहीं होता कि हर समय Partner से लंबी बातें हो सकें। कई बार बातचीत सिर्फ़ काम की चीज़ों तक सिमट जाती है—कौन कब आएगा, क्या करना है, क्या नहीं। ऐसे में अचानक भेजा गया एक छोटा-सा message रिश्ते में बहुत बड़ा फर्क ला सकता है।

ये छोटे messages Partner को यह एहसास दिलाते हैं कि व्यस्तता के बावजूद वह आपके ख़यालों में है। कि आप उसे सिर्फ़ ज़रूरत के समय

नहीं, बल्कि यूँ ही याद करते हैं।

6. Physical Touch की अहमियत समझें

Physical touch का मतलब हमेशा romance या intimacy नहीं होता। कई बार यह बस सुरक्षा, अपनापन और साथ होने का एहसास होता है। इंसान को यह जानना बहुत ज़रूरी होता है कि मुश्किल वक्त में कोई उसके पास है—बिना सवाल, बिना शर्त। कभी हाथ पकड़ लेना, कभी कंधे पर हाथ रखना, कभी बिना कुछ कहे हल्का-सा hug देना— ये छोटे gestures Partner को emotional strength देते हैं।

Physical touch यह कहता है— **"तुम अकेले नहीं हो।" "मैं तुम्हारे साथ हूँ।"**

Conclusion

Partner को रोज़ special feel कराना कोई extra responsibility या बोझ नहीं होता, बल्कि यह रिश्ते की सबसे खूबसूरत और ज़रूरी आदत होती है। जब आप रोज़ छोटी-छोटी बातों से अपने Partner को यह एहसास दिलाते हैं कि वह आपके लिए मायने रखता है, तो रिश्ता कभी बोरिंग नहीं लगता। ये आदत प्यार को routine में खोने नहीं देती, बल्कि हर दिन उसे ज़िंदा और ताज़ा बनाए रखती है।

याद रखिए...

जो इंसान रोज़ आपको important महसूस कराए,
वही इंसान आपके दिल में हमेशा special रहता है।

14

जब Partner गलती करे तो कैसे साथ दें ?

कोई भी इंसान perfect नहीं होता। जैसे हमसे गलतियाँ होती हैं, वैसे ही हमारे Partner से भी होती हैं। फर्क सिर्फ़ इतना होता है कि जब गलती सामने वाले से होती है, तो हमें ज़्यादा चुभती है। उस समय दिल में गुस्सा, disappointment और hurt एक साथ आ जाते हैं। मन करता है कि तुरंत ताना दें, दोष लगाएँ या खुद को सही साबित करें।

लेकिन रिश्तों की असली परीक्षा वही पल होते हैं, जब Partner गलत हो और हमें यह तय करना हो कि हम लड़ाई चुनेंगे या साथ। गलती पर साथ देना कमजोरी नहीं है, बल्कि रिश्ते की maturity है। क्योंकि प्यार का मतलब यह नहीं कि गलती न हो, बल्कि यह है कि गलती के बाद भी रिश्ता सुरक्षित महसूस करे।

1. पहले गुस्से को शांत करें, फिर बात करें

जब Partner गलती करता है, तो सबसे पहले हमारा दिल react करता है, दिमाग़ नहीं। उस पल गुस्सा, दर्द और disappointment एक साथ बाहर आने लगते हैं। हमें लगता है कि अगर अभी नहीं बोले, तो शायद हमारी तकलीफ़ की कोई क़दर नहीं होगी। लेकिन सच यह है कि गुस्से में कही गई बात अक्सर सच्ची होते हुए भी गलत तरीके से निकलती है, और वही बात रिश्ते को ज़्यादा चोट पहुँचा देती है।

गुस्से में बोले गए शब्द तीर की तरह होते हैं—निकले तो वापस नहीं आते। इसलिए सबसे समझदारी भरा कदम यह होता है कि तुरंत reaction देने के बजाय थोड़ा रुक जाएँ। कुछ गहरी साँस लें, अपने दिल को शांत करें और खुद से पूछें—

"मैं लड़ना चाहता/चाहती हूँ या रिश्ता बचाना?"

2. गलती और इंसान में फर्क समझें

रिश्तों में सबसे ज़्यादा नुकसान तब होता है जब हम गलती पर नहीं, इंसान पर हमला करने लगते हैं। उस समय हम "तुम हमेशा ऐसे ही हो", "तुमसे कुछ सही होता ही नहीं" जैसे शब्द बोल देते हैं। ये शब्द सिर्फ़ गुस्सा नहीं दिखाते, बल्कि सामने वाले की पूरी पहचान पर सवाल उठा देते हैं।

समझदारी यह है कि आप साफ़ करें कि आपको **काम या व्यवहार से समस्या है, इंसान से नहीं**। इससे Partner को यह महसूस होता है कि आप उसे नीचा नहीं दिखाना चाहते, बल्कि रिश्ते को बेहतर बनाना चाहते हैं।

3. सुनना भी साथ देने का तरीका है

अक्सर जब Partner गलती करता है, तो हमें लगता है कि अब बोलने की हमारी बारी है। हम अपने दर्द, गुस्से और शिकायतों को तुरंत सामने रख देना चाहते हैं। लेकिन कई बार गलती के पीछे भी कुछ वजहें होती हैं — डर, confusion, pressure या किसी situation को ठीक से handle

न कर पाना।

अगर उस समय आप सिर्फ़ बोलते रहेंगे और सुनेंगे नहीं, तो रिश्ता एकतरफा हो जाएगा। सामने वाला खुद को कटघरे में खड़ा महसूस करेगा, न कि समझा हुआ। सुनना इसलिए ज़रूरी है, क्योंकि कई बार इंसान अपनी गलती मानना चाहता है, लेकिन उसे यह डर होता है कि उसकी बात सुनी ही नहीं जाएगी।

4. ताना और याद दिलाना बंद करें

गलती के बाद अगर उसे बार-बार याद दिलाया जाए, तो वह गलती सुधरने के बजाय रिश्ते में ज़हर घोलने लगती है।

"याद है तुमने तब क्या किया था?"

"तुम हमेशा ऐसा ही करते हो"

ऐसे वाक्य पुराने ज़ख्म खोल देते हैं, जो शायद भरने की कोशिश में हों। जब Partner बार-बार अपनी गलती के लिए शर्मिंदा महसूस करता है, तो वह बदलने के बजाय खुद को बंद कर लेता है।

5. माफ़ी को कमजोरी न समझें

माफ़ करना आसान नहीं होता, खासकर तब जब दिल सच में दुखा हो। कई बार हमें लगता है कि अगर हमने माफ़ कर दिया, तो सामने वाला हमारी कमज़ोरी समझ लेगा। लेकिन सच्चाई यह है कि माफ़ी कमज़ोरी नहीं, बल्कि **भावनात्मक ताक़त** होती है।

माफ़ी का मतलब यह बिल्कुल नहीं कि गलती छोटी थी या दर्द कम था। माफ़ी का मतलब सिर्फ़ इतना है कि रिश्ता उस गलती से बड़ा है। जब आप माफ़ करने की कोशिश करते हैं, तो आप यह चुनते हैं कि आप bitterness के साथ नहीं, शांति के साथ आगे बढ़ना चाहते हैं।

Conclusion

जब Partner गलती करे, तो साथ देना रिश्ते का सबसे कठिन लेकिन सबसे ज़रूरी हिस्सा होता है। यही वो पल होता है जहाँ प्यार शब्दों से आगे बढ़कर व्यवहार बनता है। गुस्सा, hurt और disappointment के बीच अगर आप समझ, धैर्य और सम्मान चुनते हैं — तो रिश्ता सिर्फ़ बचता नहीं, गहरा हो जाता है।

गलती पर साथ देना यह दिखाता है कि आप relationship को ego से ऊपर रखते हैं।

याद रखिए...

"सच्चा साथ वही है जो गलती में छोड़े नहीं, और समझदारी से संभाले। क्योंकि प्यार perfect होने से नहीं, साथ निभाने से टिकता है।"

15

प्रेम, आदत और मोह में फर्क कैसे समझे?

ज़िंदगी में कई बार हम खुद भी यह ठीक से नहीं समझ पाते कि जो हम महसूस कर रहे हैं, वह सच में प्यार है, सिर्फ़ आदत है या फिर मोह। दिल किसी एक इंसान से गहराई से जुड़ा होता है, उसकी मौजूदगी सुकून देती है, उसकी कमी खलती है, लेकिन वहीं दूसरी तरफ़ दिमाग़ उलझा रहता है। हम साथ रहते हैं, बातें करते हैं, हँसते हैं, सब कुछ ठीक चलता हुआ दिखाई देता है, फिर भी भीतर कहीं एक सवाल बार-बार सिर उठाता है—

"क्या मैं सच में प्यार कर रहा/रही हूँ... या बस आदत में जी रहा/रही हूँ?"

इस सवाल का जवाब आसान नहीं होता, क्योंकि प्रेम, आदत और मोह—तीनों ही दिखने में एक जैसे लग सकते हैं। तीनों में जुड़ाव होता है, तीनों में पास रहने की चाह होती है, और तीनों में अलग होने का डर भी हो सकता है। लेकिन अंदर से इनकी प्रकृति बिल्कुल अलग होती है। जब हम इन भावनाओं को सही तरह से नहीं समझ पाते, तो अक्सर गलत फैसले ले बैठते हैं—कभी किसी रिश्ते को ज़रूरत से ज़्यादा खींच लेते हैं,

और कभी सच्चे प्यार को भी शक की नज़र से देखने लगते हैं।

1. प्रेम (Love) – जहाँ अपनापन और आज़ादी साथ होते है।

सच्चा प्रेम किसी को बाँधने का नाम नहीं, बल्कि **साथ चलने** का नाम है। प्रेम में आप सामने वाले को बदलने की कोशिश नहीं करते, बल्कि उसे जैसा है वैसा स्वीकार करते हैं। आप उसकी खुशी में खुश होते हैं और उसकी तकलीफ़ में उसके साथ खड़े रहते हैं—बिना यह सोचे कि बदले में आपको क्या मिलेगा। प्रेम में डर नहीं होता। न छोड़ दिए जाने का डर, न खो देने की घबराहट। वहाँ भरोसा होता है। आप जानते हैं कि रिश्ता मजबूरी नहीं, पसंद से चल रहा है। प्रेम में आप एक-दूसरे को space भी देते हैं और respect भी।

सबसे बड़ी पहचान यह है कि प्रेम में आप **खुद को खोते नहीं**, बल्कि और बेहतर रूप में पाते हैं। यह रिश्ता आपको छोटा नहीं करता, बल्कि अंदर से मज़बूत बनाता है।

2. आदत (Habit) – जहाँ रिश्ता comfort बन जाता है

आदत में रिश्ता धीरे-धीरे एक routine बन जाता है। आप साथ इसलिए रहते हैं क्योंकि आप **उसके आदी** हो चुके होते हैं। उसके बिना रहना अजीब लगता है, लेकिन उसके साथ रहकर भी दिल पूरी तरह खुश नहीं होता।

आदत में अक्सर यह सोच होती है—

"इतने साल साथ रहे हैं, अब छोड़ना मुश्किल है।"

"अकेले रहने से बेहतर है यही ठीक है।"

यहाँ रिश्ता चलता तो है, लेकिन उसमें excitement, growth और freshness कम होने लगती है। आप सामने वाले की presence के आदी होते हैं, पर उसकी खुशी या दुख आपको उतना गहराई से नहीं छूता। आदत वाला रिश्ता अक्सर डर से चलता है—अकेले रह जाने के डर

से, बदलाव के डर से। इसमें प्यार कम और convenience ज़्यादा होती है।

3. मोह (Attachment) – जहाँ डर और possessiveness होती है

मोह वह अवस्था है जहाँ इंसान सामने वाले से **अत्यधिक जुड़ जाता है।** यहाँ प्यार से ज़्यादा डर हावी होता है—
"अगर वह चला गया तो?"
"अगर उसने किसी और को चुन लिया तो?"

मोह में इंसान control करने लगता है, सवाल ज़्यादा पूछता है, शक करता है। सामने वाले की ज़िंदगी, उसकी आज़ादी, उसकी पसंद—सब पर अधिकार चाहता है। यह जुड़ाव सुकून नहीं देता, बल्कि बेचैनी बढ़ाता है। मोह में अक्सर self-respect कमजोर हो जाती है। इंसान अपनी ज़रूरतें, अपनी boundaries भूल जाता है और बस रिश्ता बचाने में लगा रहता है—चाहे उसकी कीमत खुद को खोना ही क्यों न हो।

4. सबसे ज़रूरी बात – Self-Love की भूमिका

अगर आप खुद से प्यार नहीं करते, तो प्रेम और मोह में फर्क करना मुश्किल हो जाता है। Self-Love आपको यह सिखाता है कि आप किसी रिश्ते में इसलिए नहीं हैं क्योंकि आपको किसी की ज़रूरत है, बल्कि इसलिए हैं क्योंकि आप उसे चुनते हैं। जहाँ Self-Love होती है, वहाँ मोह टिक नहीं पाता और आदत टूट सकती है। वहाँ प्रेम ही ठहरता है—शांत, स्थिर और सच्चा।

सच्चा प्रेम क्या होता है?

सच्चा प्रेम किसी को पाने की ज़िद नहीं, बल्कि उसे समझने और अपनाने की क्षमता होता है। यह वो एहसास है जिसमें आप सामने वाले

की खुशी को अपनी खुशी से जोड़ लेते हैं, बिना यह गिने कि बदले में आपको क्या मिल रहा है। सच्चा प्रेम शब्दों से ज़्यादा कर्मों में दिखता है—रोज़ के छोटे-छोटे ख्याल, मुश्किल वक्त में साथ, और चुप्पी में भी भरोसा। सच्चा प्रेम आजादी देता है, डर नहीं। इसमें आप सामने वाले को बदलने की कोशिश नहीं करते, बल्कि उसके साथ बढ़ते हैं। गलतियों पर तिरस्कार नहीं, सुधार की जगह मिलती है। यहाँ Ego नहीं, सम्मान होता है; शक नहीं, भरोसा होता है।

छोटा सा संकेत:

अगर आपके साथ रहने से कोई इंसान खुद को सुरक्षित, महत्वपूर्ण और समझा हुआ महसूस करे—तो वही सच्चा प्रेम है।

आदत की पहचान कैसे करें?

आदत अक्सर प्यार जैसी दिखती है, लेकिन उसका आधार अलग होता है। जहाँ प्यार दिल से जुड़ता है, वहीं आदत सुविधा और रूटीन से जुड़ती है। आदत में इंसान सामने वाले के साथ इसलिए रहता है क्योंकि वह उसकी ज़िंदगी का हिस्सा बन चुका होता है—जाना-पहचाना, सुरक्षित और आसान।

आदत की सबसे बड़ी पहचान यह है कि उसमें उत्साह कम और मजबूरी ज़्यादा होती है। साथ होने से सुकून मिलता है, लेकिन दिल में वह खुशी नहीं होती जो मिलने पर चेहरे पर अपने आप आ जाए। अगर सामने वाला कुछ दिन न हो, तो याद कम और खालीपन ज़्यादा महसूस होता है—जैसे कोई चीज़ मिस हो रही हो, इंसान नहीं।

मोह और प्यार में फर्क क्या है?

मोह और प्यार दिखने में बहुत मिलते-जुलते हैं, लेकिन उनका असर दिल पर बिल्कुल अलग होता है। मोह वहाँ होता है जहाँ आकर्षण और लगाव ज़्यादा होता है, और प्यार वहाँ होता है जहाँ समझ, सम्मान और अपनापन होता है।

मोह में इंसान सामने वाले को पाना चाहता है। वहाँ डर रहता है—खो देने का डर, अकेले रह जाने का डर। मोह अक्सर असुरक्षा से पैदा होता है, इसलिए उसमें शक, अधिकार जताना और control करने की भावना दिख सकती है। सामने वाला बदलने लगे या दूर जाने लगे, तो बेचैनी बढ़ जाती है।

निष्कर्ष (Conclusion)

प्रेम, आदत और मोह—तीनों में फर्क समझना ज़रूरी है, क्योंकि रिश्ता वही सुंदर होता है जो डर से नहीं, समझ से चले।
आदत रिश्ता चला सकती है, मोह रिश्ता जकड़ सकता है, लेकिन सिर्फ़ प्रेम ही रिश्ता ज़िंदा रख सकता है।

याद रखिए...

जहाँ आप खुद रह सकें, जहाँ डर नहीं, भरोसा हो,
जहाँ पकड़ नहीं, अपनापन हो— वही प्रेम है।
बाक़ी सब या तो आदत है, या फिर मोह।

16

रिश्ते खिलते नहीं, खिलाए जाते हैं - हर रोज़

अक्सर हम यह मान लेते हैं कि अगर प्यार सच्चा है, तो रिश्ता अपने आप चलता रहेगा। जैसे एक बार बीज बो दिया, तो पौधा बिना देखभाल के भी फलता-फूलता रहेगा। लेकिन सच्चाई यह है कि रिश्ते फूलों की तरह होते हैं—उन्हें रोज़ थोड़ा पानी, थोड़ा धूप और बहुत सारा ध्यान चाहिए। रिश्ते अपने आप नहीं खिलते, **उन्हें हर रोज़ खिलाना पड़ता है।**

शुरुआत में सब आसान लगता है। बातों में मिठास होती है, मिलने का उत्साह होता है, और छोटी-छोटी चीज़ें भी खास लगती हैं। लेकिन जैसे-जैसे समय बीतता है, ज़िम्मेदारियाँ बढ़ती हैं, routine बनता है और हम यह भूलने लगते हैं कि रिश्ता भी देखभाल चाहता है। यहीं से रिश्ते मुरझाने लगते हैं—**प्यार खत्म होने से नहीं, care कम होने से।**

रिश्ते अचानक नहीं टूटते, धीरे-धीरे सूखते हैं

ज़्यादातर रिश्ते किसी एक बड़ी गलती से नहीं टूटते। वे धीरे-धीरे कमज़ोर होते हैं—जब "सुना" कम और "मान लिया" ज़्यादा हो जाता है, जब "ध्यान देना" बंद हो जाता है, और जब साथ रहते हुए भी एक-दूसरे से दूर महसूस होने लगता है।

रिश्ते तब सूखते हैं जब हम यह मान लेते हैं कि अब कोशिश की ज़रूरत नहीं। जब "good morning" कहना छूट जाता है, "कैसे हो?" पूछना औपचारिक बन जाता है, और "मैं हूँ" सिर्फ़ शब्द रह जाता है।

हर रोज़ की छोटी कोशिशें ही रिश्ते को ज़िंदा रखती हैं

रिश्ते खिलाने के लिए बड़े gestures ज़रूरी नहीं होते। रोज़ की छोटी-छोटी बातें ही सबसे ज़्यादा असर करती हैं—ध्यान से सुनना, बिना वजह हाल पूछ लेना, थकान में साथ बैठ जाना, या बस इतना कहना कि "आज तुमने अच्छा संभाला।"

ये छोटे पल सामने वाले को यह एहसास दिलाते हैं कि वह आज भी मायने रखता है। रिश्ते को रोज़ यह assurance चाहिए कि "*तुम मेरे लिए ज़रूरी हो।*" जब यह एहसास मिलता रहता है, तो रिश्ता थकता नहीं।

समय देना, समझना और अपनाना—तीनों ज़रूरी हैं

रिश्ते को खिलाने के लिए सिर्फ़ साथ रहना काफ़ी नहीं, साथ होना ज़रूरी है। Quality time, खुली बातचीत और emotional presence—ये रिश्ते की खाद हैं।

जब आप अपने Partner की बात बिना distraction सुनते हैं, उसकी feelings को हल्के में नहीं लेते, और उसकी चुप्पी को भी समझने की कोशिश करते हैं—तब रिश्ता गहराता है। रिश्ते में यह जानना बहुत ज़रूरी होता है कि आप सिर्फ़ निभाए नहीं जा रहे, बल्कि समझे जा रहे

हैं।

रिश्ते को प्राथमिकता बनाना पड़ता है

रिश्ते तभी खिलते हैं जब उन्हें priority बनाया जाए। काम, दुनिया और ज़िम्मेदारियाँ ज़रूरी हैं, लेकिन अगर रिश्ता हमेशा आख़िरी नंबर पर रहेगा, तो वह खुद को अकेला महसूस करने लगेगा।

कभी यह कहना—

"आज तुम्हारे साथ बैठना ज़्यादा ज़रूरी है,"

रिश्ते में नई जान डाल सकता है। Priority शब्दों से नहीं, फैसलों से दिखती है।

परफेक्शन नहीं, निरंतरता चाहिए

हर दिन perfect नहीं होता। हर दिन प्यार ज़्यादा महसूस नहीं होता। लेकिन हर दिन थोड़ी कोशिश हो—यही काफ़ी है। रिश्ते perfection से नहीं, **consistency** से खिलते हैं।

आज अगर आपने सुना, कल अगर आपने समझा, और परसों अगर आपने माफ़ किया—तो रिश्ता ज़िंदा रहता है। रिश्ते को रोज़ नया बनाने की नहीं, रोज़ निभाने की ज़रूरत होती है।

रिश्ता सूखने से कैसे बचाएँ?

1. रोज़ का Emotional Connection ज़िंदा रखें

रिश्ता तब सूखने लगता है जब बातचीत सिर्फ़ ज़रूरतों तक सिमट जाती है।

"खाना खा लिया?"

"कब आओगे?"

"कल क्या करना है?"

ये बातें ज़रूरी हैं, लेकिन रिश्ता इन्हीं से नहीं चलता। रिश्ते को रोज़ **emotional connection** चाहिए—वो connection जहाँ दिल की बात हो, सिर्फ़ काम की नहीं।

रिश्ता बातों की quantity से नहीं, **connection की quality से** बचता है।

2. Appreciation को रोज़ की आदत बनाइए

रिश्ते में सबसे पहले जो चीज़ कम होती है, वो है **तारीफ़**।

हम मान लेते हैं कि सामने वाला तो अपना है, उसे बताने की ज़रूरत क्या है। लेकिन जब appreciation बंद हो जाती है, तो इंसान अंदर से थकने लगता है।

हर इंसान चाहता है कि उसकी कोशिशों को देखा जाए।

घर संभालना, काम करना, ज़िम्मेदारियाँ उठाना—ये सब अपने आप नहीं होता। जब इन्हें "normal" मान लिया जाता है, तो रिश्ता धीरे-धीरे सूखने लगता है।

3. शिकायत से पहले समझने की कोशिश करें

जब रिश्ता भारी लगने लगता है, तो शिकायतें अपने आप बढ़ जाती हैं—

"तुम पहले जैसे नहीं रहे।"

"तुम्हें अब फर्क नहीं पड़ता।"

लेकिन ज़्यादातर मामलों में यह शिकायत नहीं होती, यह अंदर की **थकान और अकेलेपन** की आवाज़ होती है। अगर हर बार शिकायत से शुरुआत होगी, तो रिश्ता और सूख जाएगा।

समझने की कोशिश रिश्ते को बचा सकती है।

4. Ego को बाहर रखिए, रिश्ता अंदर रखिए

बहुत से रिश्ते ego की वजह से सूख जाते हैं।
"मैं क्यों पहल करूँ?"
"पहले वही बोले।"

Ego आपको सही साबित कर सकता है, लेकिन रिश्ता नहीं बचा सकता।
रिश्ता तब बचता है जब कोई एक यह तय करता है कि *सही होने से ज़्यादा ज़रूरी है साथ रहना।*

निष्कर्ष (Conclusion)

रिश्ते कोई जादू नहीं हैं जो अपने आप चमकते रहें। वे ज़िम्मेदारी हैं—खुशी की, समझ की और रोज़ की देखभाल की। अगर आप रोज़ थोड़ा ध्यान देंगे, थोड़ी care दिखाएँगे और थोड़ी कोशिश करेंगे, तो रिश्ता कभी मुरझाएगा नहीं।

याद रखिए...

रिश्ते खिलते नहीं, खिलाए जाते हैं—हर रोज़, थोड़ी समझ से,
थोड़ी कोशिश से और बहुत सारे अपनापन से।

17

जब रिश्ता फीका-फीका लगे, तो फिर से रंग कैसे भरें?

हर रिश्ता एक जैसे रंग में हमेशा नहीं चलता। शुरुआत में प्यार ताज़ा होता है, बातों में उत्साह होता है, एक-दूसरे को देखने की चाह होती है और साथ बिताया हर पल खास लगता है। उस समय रिश्ता effort नहीं लगता, सब कुछ अपने आप चलता हुआ सा महसूस होता है। लेकिन समय के साथ ज़िंदगी की सच्चाई सामने आती है। ज़िम्मेदारियाँ बढ़ जाती हैं, काम का दबाव आ जाता है, घर-परिवार, भविष्य की चिंताएँ और रोज़मर्रा की थकान रिश्ते के बीच आ खड़ी होती हैं। धीरे-धीरे वही रिश्ता, जो कभी रंगीन लगता था, फीका-फीका सा लगने लगता है।

1. सबसे पहले यह स्वीकार करें कि रिश्ता बदल रहा है

रिश्ता फीका लगने पर लोग अक्सर एक-दूसरे को दोष देने लगते हैं—

"तुम पहले जैसे नहीं रहे।"

"अब तुम मुझे importance नहीं देते।"

लेकिन सच यह है कि हर रिश्ता समय के साथ बदलता है। जो रिश्ता पहले excitement से भरा होता है, वही रिश्ता आगे चलकर comfort, भरोसे और समझ में बदल जाता है। यह बदलाव गलत नहीं है, बस अलग है।

जब आप यह स्वीकार कर लेते हैं कि रिश्ता बदल रहा है, तब आप उसे खत्म मानने के बजाय समझने लगते हैं। Acceptance आपको शिकायत से बाहर निकालकर solution की तरफ ले जाता है।

2. चुप्पी को रिश्ते का दुश्मन मत बनने दीजिए

जब रिश्ता फीका लगता है, तब सबसे पहले बातचीत कम हो जाती है। दोनों सोचते हैं—

"अब बात करने को बचा ही क्या है?"

"वो खुद समझेगा/समझेगी।"

लेकिन यह चुप्पी धीरे-धीरे दूरी बन जाती है। अनकही बातें मन में जमा होती जाती हैं और वही बातें एक दिन frustration बनकर बाहर आती हैं।

रिश्ते को फिर से रंग देने का पहला कदम है—खुलकर, शांति से और ईमानदारी से बात करना। यह कहना कि

"मुझे लगता है हम पहले जितना connect नहीं कर पा रहे"

रिश्ते को तोड़ता नहीं, बल्कि उसे बचाने की कोशिश होती है।

3. यह याद करें कि आप एक-दूसरे से जुड़े क्यों थे

हर रिश्ते की एक शुरुआत होती है और उस शुरुआत के पीछे कोई न कोई वजह होती है। कभी-कभी रोज़मर्रा की परेशानियों और ज़िम्मेदारियों में हम यह भूल जाते हैं कि हम एक-दूसरे से जुड़े क्यों थे। ऐसे में बैठकर

पहली मुलाक़ात, पहली बातचीत, पहली हँसी और पहली चिंता को याद करना बहुत ज़रूरी हो जाता है। ये वही पल होते हैं जिन पर रिश्ता खड़ा होता है।

4. साथ में कुछ नया शुरू कीजिए

किसी भी रिश्ते में routine धीरे-धीरे सबसे बड़ा दुश्मन बन सकता है। वही दिनचर्या, वही बातें, वही ज़िम्मेदारियाँ और वही माहौल—इन सबके बीच रिश्ता अनजाने में dull और boring लगने लगता है। इसका मतलब यह नहीं कि प्यार कम हो गया है, बल्कि यह संकेत होता है कि रिश्ते को अब थोड़ी ताज़गी और नई ऊर्जा की ज़रूरत है।

5. छोटे gestures की ताक़त को समझिए

प्यार हमेशा बड़े surprises, महंगे gifts या भारी-भरकम words से वापस नहीं आता। अक्सर प्यार बहुत छोटी-छोटी बातों में लौटता है, जिन्हें हम रोज़मर्रा में नज़रअंदाज़ कर देते हैं। अचानक भेजा गया एक message, बिना वजह पकड़ा गया हाथ, या बस इतना कह देना—

"आज तुम ठीक नहीं लग रहे, सब ठीक है?"

6. शिकायत से पहले appreciation सीखिए

जब रिश्ता फीका लगने लगता है, तो सबसे पहले शिकायतें बढ़ती हैं। हमें लगने लगता है कि सामने वाला अब पहले जैसा नहीं रहा, वह कोशिश नहीं कर रहा, वह हमें समझ नहीं रहा। धीरे-धीरे हम यह देखना भूल जाते हैं कि वह क्या अच्छा कर रहा है, और सिर्फ़ यह गिनने लगते हैं कि क्या कमी रह गई है।

लेकिन सच यह है कि लगातार शिकायतें रिश्ते को सुधारती नहीं, बल्कि और थका देती हैं। इंसान तब और दूर हो जाता है, जब उसे लगे कि उसकी कोई भी कोशिश काफ़ी नहीं है। ऐसे में अगर आप शिकायत

से पहले appreciation से शुरुआत करें, तो माहौल अपने आप बदलने लगता है।

जब आप कहते हैं—

"तुमने आज सच में अच्छा संभाला,"

"मुझे अच्छा लगा कि तुमने यह ध्यान रखा,"

"मैं जानता/जानती हूँ कि तुम कोशिश कर रहे हो,"

Conclusion

जब रिश्ता फीका-फीका लगे, तो इसका मतलब यह नहीं कि प्यार खत्म हो गया है। इसका मतलब सिर्फ़ यह है कि रिश्ते को फिर से ध्यान, समय और अपनापन चाहिए। रिश्ते अपने आप नहीं चमकते, उन्हें चमकाया जाता है— धैर्य से, समझदारी से और दिल से। जो रिश्ते मुश्किल दौर में भी छोड़े नहीं जाते, वही रिश्ते समय के साथ सबसे गहरे और सबसे खूबसूरत बनते हैं।

याद रखिए...

"रिश्तों के रंग उड़ते नहीं, हम उन्हें ताज़ा करना भूल जाते हैं। थोड़ा वक्त, थोड़ी कोशिश, और बहुत सारा दिल— यही फीके रिश्ते मेंफिर से जान डाल देता है।"

18

सच्चा प्यार - बिना शर्त निभाना

सच्चा प्यार कोई अचानक होने वाला एहसास नहीं होता, न ही यह सिर्फ़ दिल की धड़कनों का नाम है। सच्चा प्यार एक **चयन (choice)** होता है, जो इंसान हर दिन करता है। आज के समय में प्यार अक्सर शर्तों से घिरा हुआ दिखाई देता है —

"अगर तुम मेरे लिए बदलोगे, तभी मैं साथ रहूँगा।"

"अगर तुम मेरी उम्मीदों पर खरे उतरे, तभी मैं प्यार करूँगा।"

बिना शर्त प्यार का मतलब यह नहीं कि आप अपनी इज़्ज़त, अपनी पहचान या अपनी भावनाओं को कुर्बान कर दें। इसका मतलब है कि आप सामने वाले को **इंसान समझकर** अपनाएँ, न कि अपनी ज़रूरतों की सूची बनाकर। सच्चा प्यार सामने वाले से यह नहीं पूछता कि "तुम मुझे क्या दे सकते हो?", बल्कि यह कहता है — "तुम जैसे हो, वैसे ही क़ाबिल हो।"

1. सच्चा प्यार अपनाने से शुरू होता है

हर इंसान अधूरा है। किसी में गुस्सा ज़्यादा है, कोई ज़्यादा भावुक है, कोई चुप रहता है, तो कोई ज़रूरत से ज़्यादा बोलता है। सच्चा प्यार इन कमियों को मिटाने की ज़िद नहीं करता। वह सामने वाले को यह एहसास

दिलाता है कि तुम perfect नहीं हो, फिर भी काफ़ी हो।

2. शर्तों वाला प्यार क्यों थक जाता है

शर्तों वाला प्यार शुरू में भले ही ठीक लगे, लेकिन समय के साथ वह हमेशा बोझ बन जाता है। क्योंकि ऐसे प्यार में इंसान हर पल खुद को साबित करने में लगा रहता है। उसे लगता है कि अगर उसने वैसा नहीं किया, जैसा सामने वाला चाहता है, तो शायद प्यार कम हो जाएगा या खत्म ही हो जाएगा। यही डर रिश्ते को अंदर से खोखला करने लगता है।

ऐसे रिश्ते में हर समय मन में सवाल चलता रहता है—

"अगर मैं बदल नहीं पाया तो?"

"अगर मैं उम्मीदों पर खरा नहीं उतरा तो?"

"अगर मैं वही नहीं बन पाया, जो मुझसे चाहा जा रहा है?"

3. भरोसा – बिना शर्त प्यार की आत्मा

सच्चा प्यार शक से नहीं चलता। शक वहाँ पैदा होता है जहाँ मन में डर होता है, और डर वहीं जन्म लेता है जहाँ प्यार शर्तों पर टिका होता है। जब किसी रिश्ते में हर बात पर सवाल उठाए जाते हैं, हर कदम पर निगरानी रखी जाती है, तो वह प्यार नहीं रहता, बल्कि असुरक्षा बन जाता है। ऐसा रिश्ता सुकून देने के बजाय घुटन पैदा करता है।

बिना शर्त प्यार भरोसे से जन्म लेता है। भरोसा वह नींव है जिस पर रिश्ता मज़बूती से खड़ा रहता है। जब आप किसी पर भरोसा करते हैं, तो आप उसे बाँधने की कोशिश नहीं करते, बल्कि उसे समझने और अपनाने की कोशिश करते हैं। भरोसा इंसान को आज़ाद बनाता है—वह आज़ादी जहाँ इंसान डर के बिना खुद रह सकता है।

4. मुश्किल वक्त में निभाना ही असली प्यार है

अच्छे दिनों में साथ होना आसान होता है। जब ज़िंदगी में मुस्कान, रोमांस और खुशियाँ होती हैं, तब हर कोई पास रहता है। उन पलों में प्यार जताना भी सरल लगता है। लेकिन जब ज़िंदगी अचानक मुश्किल मोड़ ले ले—बीमारी आ जाए, पैसों की तंगी हो, मानसिक थकान घेर ले या कोई बड़ी असफलता सामने आ जाए—तब सच्चा प्यार अपनी असली पहचान दिखाता है।

ऐसा प्यार यह नहीं कहता कि "तुम बदल जाओ", बल्कि यह कहता है—

"तुम आज मज़बूत नहीं हो, कोई बात नहीं।
मैं तुम्हारे लिए मज़बूत बन जाऊँगा।"

Conclusion

सच्चा प्यार कोई कहानी नहीं जो हमेशा perfect रहे। यह एक सफ़र है जिसमें कभी समझदारी चाहिए, कभी धैर्य, कभी माफ़ी और कभी सिर्फ़ चुपचाप साथ। बिना शर्त प्यार का मतलब यह नहीं कि सब सह लिया जाए, बल्कि यह कि इंसान को इंसान समझकर अपनाया जाए। जहाँ प्यार शर्तों से आज़ाद होता है, वहाँ रिश्ता डर से नहीं, भरोसे से चलता है।

याद रखिए...

"सच्चा प्यार वह नहीं जो बदले में कुछ माँगे, सच्चा प्यार वह है जो हालात बदलने पर भी साथ निभाना चुने। जहाँ अपनापन शर्तों से ऊपर हो, वही रिश्ता उम्र भर ज़िंदा रहता है।"

19

प्यार भरी शादी को खुशहाल बनाने के अनमोल राज़

शादी सिर्फ़ एक रस्म नहीं होती, यह दो ज़िंदगियों का रोज़-रोज़ निभाया जाने वाला सफ़र होती है। शुरुआत में सब कुछ नया, सुंदर और रोमांटिक लगता है। बातें लंबी होती हैं, वादे बड़े होते हैं और सपने एक-दूसरे से जुड़े होते हैं। लेकिन जैसे-जैसे समय बीतता है, ज़िम्मेदारियाँ बढ़ती हैं, रूटीन बनता है और रिश्ते की चमक धीरे-धीरे रोज़मर्रा की भागदौड़ में दबने लगती है।

अक्सर लोग कहते हैं कि “शादी के बाद प्यार कम हो जाता है।” लेकिन सच्चाई यह है कि प्यार कम नहीं होता, **उसकी देखभाल कम हो जाती है।**

1. संवाद (Communication) – रिश्ते की सांस

किसी भी शादी की सबसे मज़बूत नींव बातचीत होती है। प्यार कितना भी गहरा क्यों न हो, अगर दिल की बात सही ढंग से कही न जाए, तो

गलतफहमियाँ जन्म लेने लगती हैं। कई बार पति-पत्नी यह मान लेते हैं कि सामने वाला बिना कहे सब समझ लेगा, लेकिन हक़ीक़त यह है कि बिना बोले समझना अपवाद है, नियम नहीं।

खुलकर, सम्मान के साथ और सही समय पर की गई बातचीत रिश्ते को हल्का बना देती है। जब आप अपनी feelings दबाने के बजाय शांति से share करते हैं, तो रिश्ता बोझ नहीं बनता। याद रखिए, चुप्पी रिश्ते को बचाती नहीं, बल्कि धीरे-धीरे खोखला कर देती है।

2. Respect – प्यार से भी ज़्यादा ज़रूरी

प्यार से रिश्ता शुरू हो सकता है, लेकिन उसे टिकाए रखने की ताक़त इज़्ज़त में होती है। शादी में जब पति-पत्नी एक-दूसरे की सोच, फैसलों और भावनाओं की क़दर करने लगते हैं, तब रिश्ता सिर्फ़ चलने वाला नहीं रहता, बल्कि सुरक्षित महसूस होने लगता है। Respect यह एहसास दिलाती है कि आप इस रिश्ते में अकेले नहीं हैं, आपकी बात सुनी जाती है और आपकी भावनाओं को हल्के में नहीं लिया जाएगा।

इज़्ज़त का मतलब सिर्फ़ मीठे शब्द बोलना या सामने से अच्छा व्यवहार करना नहीं होता। असली Respect तब दिखाई देती है जब गुस्से में भी आप अपमान से बचते हैं, बहस में भी मर्यादा नहीं तोड़ते, और मज़ाक के नाम पर भी सामने वाले को नीचा नहीं दिखाते। यह भी Respect का ही हिस्सा है कि आप दूसरों के सामने अपने Partner की गरिमा बनाए रखें, उसकी कमज़ोरियों को ढाल बनाएं, तमाशा नहीं।

3. Ego को दरवाज़े के बाहर रखें

Ego शादी का सबसे बड़ा दुश्मन होता है, क्योंकि यह प्यार के बीच दीवार खड़ी कर देता है। जब रिश्ते में "मैं" हावी हो जाता है, तो "हम" धीरे-धीरे पीछे छूटने लगता है।

"मैं क्यों झुकूँ?"

"मैं ही क्यों माफ़ी माँगूँ?"

"गलती उसी की थी।"

ऐसी सोच शादी को समझदारी से निकालकर जीत–हार का मैदान बना देती है। हर बात में सही साबित होने की ज़िद रिश्ते को थका देती है। जबकि सच्चाई यह है कि शादी कोई competition नहीं, बल्कि एक partnership होती है—जहाँ दोनों का साथ चलना ज़रूरी होता है, न कि किसी एक का जीतना।

4. छोटी-छोटी Care, बड़ा असर

खुशहाल शादी किसी बड़े gesture, महंगे gifts या खास मौकों की मोहताज नहीं होती। असल में रिश्ते रोज़मर्रा की छोटी-छोटी care से मज़बूत बनते हैं। थके हुए दिन के बाद एक कप चाय सामने रख देना, बिना वजह एक प्यारा-सा hug दे देना, या बस इतना कह देना—"मैं हूँ न"—ये छोटी बातें दिल को गहराई से छू जाती हैं। इनमें कोई दिखावा नहीं होता, बस सच्ची परवाह होती है।

5. Time देना – सबसे सच्चा Gift

आज की भागदौड़ भरी ज़िंदगी में काम, परिवार और ज़िम्मेदारियों के बीच अक्सर Partner सबसे आख़िरी priority बन जाता है। दिन निकल जाते हैं, बातें टल जाती हैं, और धीरे-धीरे रिश्ते में वो warmth कम होने लगती है जो कभी अपने आप मौजूद रहती थी। लेकिन शादी को ज़िंदा और मज़बूत रखने के लिए time देना सबसे ज़रूरी होता है। यह समय बाहर घूमने या बड़े plans का ही नहीं होता, बल्कि साथ बैठकर शांति से बात करने, दिनभर की थकान शेयर करने और एक-दूसरे की मौजूदगी को महसूस करने का होता है।

6. लड़ाई हो, लेकिन इज़्ज़त के साथ

हर शादी में मतभेद होते हैं। दो अलग सोच, दो अलग अनुभव और दो अलग परवरिश के लोग जब साथ रहते हैं, तो मतभेद आना स्वाभाविक है। झगड़ा होना गलत नहीं है, गलत होता है झगड़े का तरीका। चिल्लाना, ताने मारना, या बार-बार पुराने ज़ख्म कुरेदना रिश्ते को मज़बूत करने के बजाय कमज़ोर कर देता है। गुस्से में बोले गए शब्द अक्सर दिल पर गहरी चोट छोड़ जाते हैं, जिन्हें बाद में माफ़ी भी पूरी तरह ठीक नहीं कर पाती। लेकिन अगर बहस के दौरान भी शब्दों में सम्मान बना रहे, तो बात बिगड़ने के बजाय सुलझने लगती है। शांत होकर अपनी बात रखना, सामने वाले की बात सुनना और मुद्दे पर ही बात करना—यही समझदारी है।

7. एक-दूसरे की भावनाओं को समझना

हर इंसान अपनी feelings अलग तरह से express करता है। कोई खुलकर बोलकर हल्का महसूस करता है, तो कोई चुप रहकर अपने जज़्बातों को संभालता है। इसका मतलब यह नहीं कि कोई कम महसूस करता है या कोई ज़्यादा—बस हर दिल का तरीका अलग होता है। खुशहाल शादी वही होती है जहाँ पति-पत्नी एक-दूसरे के emotions को judge नहीं करते, बल्कि समझने की कोशिश करते हैं।

Conclusion

प्यार भरी शादी कोई परफ़ेक्ट कहानी नहीं होती, बल्कि रोज़ की कोशिश होती है। कभी समझदारी ज़्यादा लगती है, कभी धैर्य, कभी माफ़ी और कभी सिर्फ़ साथ। खुशहाल शादी का राज़ यही है कि आप हर दिन यह चुनें कि आप रिश्ते को निभाएँगे, Ego को नहीं। जहाँ प्यार के साथ सम्मान, संवाद और समझ होती है, वहाँ शादी सिर्फ़ चलती नहीं, मुस्कुराती है।

याद रखिए...

"शादी को खुशहाल रखने के लिए नया Partner नहीं, रोज़ नया प्यार चाहिए।"

20

रिश्ते की सच्ची नींव Understanding, Caring And Maturity

रिश्ता दो लोगों का सिर्फ नाम का मिलन नहीं होता, बल्कि यह दो दुनियाओं का टकराना और फिर एक हो जाना है। जब दो लोग साथ आते हैं, तो वे सिर्फ हाथ नहीं पकड़ते, बल्कि एक-दूसरे की पूरी ज़िंदगी का वादा करते हैं।

लेकिन सच ये है कि रिश्ता सिर्फ "I LOVE YOU" कह देने से नहीं चलता। इसमें बहुत-सी ऐसी नींव की ज़रूरत होती है, जिन पर यह इमारत खड़ी रहती है। नींव अगर मजबूत हो, तो रिश्ता हर तूफ़ान सह लेता है, और अगर नींव कमजोर हो, तो छोटी-सी दरार भी इसे गिरा देती है।

1. प्यार (Love) क्या हैं?

प्यार वो एहसास है जो इंसान को अधूरा होने से पूरा कर देता है। यह सिर्फ़ दो दिलों का मिलन नहीं, बल्कि दो रूहों का जुड़ाव है। रिश्ते की नींव अगर ईंट और पत्थर से बनती है, तो उसकी मजबूती प्यार से आती है। बिना प्यार का रिश्ता ऐसे है जैसे शरीर में जान न हो – दिखने में तो सब ठीक लगेगा पर भीतर से खाली होगा। जब रिश्ते में प्यार होता है तो हर ग़लती माफ़ हो जाती है, हर तकलीफ़ हल्की लगती है और हर मुश्किल आसान हो जाती है। प्यार रिश्ते को वो ताक़त देता है जिससे दो लोग ज़िन्दगी के हर तूफ़ान का सामना साथ कर पाते हैं।

2. रिश्ते में Understanding (समझदारी)क्यों जरूरी हैं?

रिश्ता सिर्फ़ दो लोगों का साथ नहीं होता, बल्कि दो अलग-अलग सोच, आदतों और सपनों का मिलन होता है। ऐसे में सबसे बड़ी ताक़त जो किसी रिश्ते को लंबा और मज़बूत बनाती है, वो है — **Understanding**।

Understanding का मतलब सिर्फ़ बातें सुन लेना नहीं है, बल्कि उनके दिल की आवाज़ को सुनना है। यह वो जादू है जहाँ आप बिना कहे ही अपने साथी की थकान, उनकी खामोशी और उनके दर्द को महसूस कर लेते हैं। जब एक इंसान कहता भी नहीं, और दूसरा उसकी आँखों से उसकी पूरी कहानी पढ़ ले—यही असली समझ है।

रिश्तों में Understanding क्यों ज़रूरी है?

1. ग़लतफ़हमियों से बचाती है:

ज़्यादातर रिश्ते किसी बड़ी वजह से नहीं, बल्कि छोटी-छोटी गलतफहमियों से टूटते हैं। कोई बात अधूरी रह गई, किसी शब्द का मतलब गलत समझ लिया, या किसी की चुप्पी को नज़रअंदाज़ कर दिया—और वहीं से दूरी शुरू हो जाती है। Understanding वो ढाल होती है जो सामने वाले को तुरंत जज करने से रोकती है। यह सिखाती है कि

हर बात पर react करने से पहले थोड़ा रुककर सोचें, पूछें और समझें। जब आप सामने वाले की परिस्थिति और भावनाओं को समझने की कोशिश करते हैं, तो छोटी बातें बड़े झगड़े में नहीं बदलतीं और रिश्ता सुरक्षित रहता है।

2. प्यार और भरोसे को गहराई देती है:

इंसान उसी से सबसे ज़्यादा जुड़ाव महसूस करता है जो उसे सच में समझता है। जब कोई आपको आपकी बातों से नहीं, बल्कि आपकी खामोशी से भी पहचान लेता है, तो दिल अपने आप उस पर भरोसा करने लगता है। समझ मिलने से इंसान emotionally safe महसूस करता है—उसे डर नहीं रहता कि उसकी feelings को गलत समझ लिया जाएगा। यही safety प्यार को गहराई देती है और भरोसे को मज़बूत बनाती है। जहाँ समझ होती है, वहाँ रिश्ता सिर्फ़ चलता नहीं, बल्कि दिल से जिया जाता है।

3. रिश्ते में Respect (सम्मान)क्यों जरूरी हैं?

रिश्ते में Respect वह अनमोल एहसास है जो दिखाता है कि आप अपने साथी को उसकी पूरी तरह से अहमियत देते हैं। यह सिर्फ़ बड़े-बड़े शब्दों में नहीं, बल्कि छोटे-छोटे कामों और हर रोज़ के व्यवहार में झलकता है। Respect का मतलब है उसकी भावनाओं, राय, फैसलों और पसंद-नापसंद की कद्र करना। जब Respect होता है, तो रिश्ता सिर्फ़ साथ रहने का नाम नहीं, बल्कि एक-दूसरे को समझने, भरोसा करने और सुरक्षित महसूस कराने का नाम बन जाता है। बिना Respect के प्यार अधूरा है, और रिश्ते केवल नाम के रहते हैं।

रिश्तों में Respect क्यों ज़रूरी है?

1. भरोसा और सुरक्षा की नींव बनाता है:

जब आप अपने साथी का सम्मान करते हैं, तो वह खुद को सुरक्षित महसूस करता है। उसे लगता है कि उसके विचार, भावनाएँ और निर्णय मायने रखते हैं। यह भरोसे का एहसास रिश्ता मजबूत बनाता है और दोनों को अपने प्यार में खुलकर जीने का हौसला देता है।

2. प्यार और अपनापन गहरा करता है:

Respect के बिना प्यार अधूरा है। जब आप साथी की कद्र करते हैं, उसकी तारीफ़ करते हैं और उसकी पसंद-नापसंद का सम्मान करते हैं, तो रिश्ता सिर्फ़ साथ रहने का नाम नहीं बल्कि दिल से जुड़ने का अनुभव बन जाता है। यह अपनापन और गहराई लाता है, जो हर तूफ़ान में भी रिश्ते को बचाए रखता है।

4. रिश्ते में Personal Space (निजी जगह)क्यों ज़रूरी हैं?

रिश्ते का मतलब यह नहीं कि दो लोग हर वक्त साथ रहें या हर पल एक-दूसरे पर नज़र रखें। असली रिश्ता तब खूबसूरत बनता है जब उसमें प्यार के साथ-साथ आज़ादी भी हो। Personal space का मतलब है अपने साथी को उसकी सोच, उसके सपनों, उसके अकेलेपन और उसकी पसंद की जगह देना। जैसे पेड़ की जड़ें और शाखाएँ—दोनों जुड़े रहते हैं, लेकिन अपनी-अपनी दिशा में बढ़ते हैं—वैसे ही Personal space रिश्ते को दम घुटने से बचाता है और उसे और मज़बूत बनाता है

रिश्तों में Personal Space क्यों ज़रूरी है?

1. अपनी पहचान बनाए रखने के लिए:

रिश्ते में हर पल साथ होना अच्छा लगता है, लेकिन हर इंसान को अपनी सोच, भावनाएँ और शौक़ निभाने की ज़रूरत होती है। Personal space देने से आपका साथी अपनी पहचान खोए बिना भी रिश्ता निभा सकता है। यह समझदारी और आत्मसम्मान दोनों को बढ़ाता है।

2. प्यार और रिश्ते को तरो-ताज़ा बनाए रखने के लिए:

जब आप साथी को थोड़ा personal time देते हैं, तो रिश्ता घुटता नहीं। हर बार मिलने और साथ रहने का अनुभव नया लगता है। यह दूरियों में भी प्यार और अपनापन बढ़ाता है, और रिश्ता लंबे समय तक मजबूत रहता है।

5. Risthe Mein Maturity (परिपक्वता)

रिश्ते में उम्र का मतलब सिर्फ सालों से नहीं होता, बल्कि सोच और व्यवहार से रिश्ते की परिपक्वता दिखाई देती है। Maturity का मतलब है अपने गुस्से, अहंकार और तकरार को नियंत्रित करना, अपने साथी की भावनाओं को समझना, और रिश्ते के लिए अपने Ego को पीछे रखना। जब दोनों पार्टनर Mature होते हैं, तो वे झगड़ों को हल्के में लेते हैं, माफ़ करना जानते हैं और एक-दूसरे की भावनाओं का सम्मान करते हैं। यही परिपक्वता रिश्ते को स्थिर, मजबूत और लंबा बनाती है।

Relationship में Maturity क्यों ज़रूरी है?

Relationship में maturity इसलिए ज़रूरी है, क्योंकि प्यार सिर्फ़ feelings से नहीं, समझदारी और balance से चलता है। बिना maturity के हर छोटी बात ego बन जाती है और हर misunderstanding झगड़े में बदल जाती है। **Maturity सिखाती है कि कब बोलना है और कब चुप रहना बेहतर है।**

Mature रिश्ता वो होता है जहाँ दोनों एक-दूसरे को सुनते हैं, blame करने के बजाय समझने की कोशिश करते हैं। यहाँ गुस्से से नहीं, बातचीत से बातें सुलझाई जाती हैं। Maturity boundaries, respect और trust को बनाए रखती है, जिससे रिश्ता emotionally safe बनता है।

जहाँ maturity होती है, वहाँ प्यार बोझ नहीं बनता—वहाँ प्यार सुकून देता है।

1. रिश्ते में शांति और समझ बनाए रखती है:

Mature होने का मतलब है कि आप छोटे-छोटे झगड़ों या तकरार को बढ़ाने की बजाय उन्हें सुलझाने की कोशिश करें। जब पार्टनर परिपक्व होते हैं, तो रिश्ते में शांति रहती है और प्यार की जगह खामोशी या नाराज़गी नहीं लेती।

2. प्यार और भरोसे को मजबूत करती है:

Maturity यह सिखाती है कि अपने Ego या गुस्से को रिश्ते पर हावी न होने दें। जब आप अपने साथी की भावनाओं और जरूरतों को समझते हैं और सही फैसले लेते हैं, तो रिश्ता सिर्फ़ साथ रहने का नाम नहीं, बल्कि भरोसे और गहराई का अनुभव बन जाता है।

6. Risthe Mein Caring (परवाह)क्या हैं?

Caring वह निस्वार्थ एहसास है जो रिश्ते में अपनापन और गहराई लाता है। यह सिर्फ़ कहने से नहीं बल्कि हर छोटे-छोटे कामों और हर रोज़ के व्यवहार में झलकता है—जैसे थकान में हाथ थामना, दुख में साथ देना, या बिना कहे खुशियाँ साझा करना।

Caring का मतलब है अपने साथी के दर्द और खुशी को अपने दिल की तरह महसूस करना। जब रिश्ते में **Caring** होती है, तो प्यार सिर्फ़

शब्द नहीं बल्कि हर एहसास में महसूस होने लगता है।

रिश्तों में caring क्यों जरूरी हैं?

1. रिश्ते में गहराई और अपनापन लाता है:

Caring का मतलब है अपने साथी के दर्द और खुशियों को अपने दिल की तरह महसूस करना। जब आप उनके लिए सच में ख्याल रखते हैं, तो रिश्ता सिर्फ़ साथ रहने का नाम नहीं, बल्कि हर पल जुड़ाव और अपनापन महसूस करने का अनुभव बन जाता है।

2. मुश्किल वक़्त में सहारा बनता है:

रिश्ते में उतार-चढ़ाव आते रहते हैं। Caring होने पर, आपका साथी जानता है कि वह अकेला नहीं है। आपकी मदद और साथ उसकी मुश्किलों को हल्का कर देता है और भरोसा बढ़ाता है।

7. Physical Relationship (शारीरिक नज़दीकी)

Physical relationship का मतलब सिर्फ़ शारीरिक संपर्क नहीं है, बल्कि यह दो लोगों के बीच भावनाओं, प्यार और भरोसे की गहरी अभिव्यक्ति है। यह एक ऐसा जुड़ाव है जहाँ सिर्फ़ शरीर नहीं, बल्कि दिल और आत्मा भी एक-दूसरे को महसूस करते हैं। रिश्ते में Physical relationship तभी खूबसूरत बनता है जब इसमें प्यार, भरोसा और सम्मान जुड़ा हो। यह साथी के प्रति अपनापन और नज़दीकियों का सबसे सच्चा और गहरा एहसास देता है।

रिश्तों में Physical Relationship क्यों ज़रूरी है ?

1. भावनाओं और प्यार की गहराई बढ़ाता है:

Physical relationship सिर्फ़ शारीरिक नहीं, बल्कि दिल और आत्मा के बीच का जुड़ाव है। यह रिश्ते में intimacy और नज़दीकी का एहसास देता है, जिससे प्यार और अपनापन और गहरा होता है।

2. भरोसा और सुरक्षा का एहसास देता है:

जब दोनों साथी शारीरिक रूप से भी जुड़ाव महसूस करते हैं, तो यह बताता है कि वे एक-दूसरे पर पूरी तरह भरोसा करते हैं। यह सुरक्षा का एहसास दिलाता है और रिश्ते को मज़बूत बनाता है।

8. Emotional Relationship (भावनात्मक जुड़ाव)

Emotional relationship वह रिश्ता है जिसमें दो लोग केवल शारीरिक या सामाजिक रूप से जुड़े नहीं रहते, बल्कि अपने दिल और भावनाओं को भी खोलकर एक-दूसरे के साथ साझा करते हैं। यह वह जुड़ाव है जहाँ आप अपने साथी की खुशी, दुख, डर और सपनों को उतनी ही गहराई से महसूस करते हैं जितना अपने खुद के। Emotional relationship हमें सिर्फ़ साथ रहने का अनुभव नहीं देता, बल्कि यह सिखाता है कि हम अपने साथी को समझें, उनका सहारा बनें और हर मुश्किल में उनके साथ खड़े रहें। यह रिश्ते की सबसे खूबसूरत और स्थायी नींव है।

रिश्तों में Emotional Relationship क्यों ज़रूरी है?

1. भावनात्मक जुड़ाव और समझ बनाता है:

Emotional relationship में आप अपने साथी की खुशियाँ, दुख और सपनों को उतनी ही गहराई से महसूस करते हैं जितना अपने खुद के। यह जुड़ाव रिश्ते को सिर्फ़ सतही साथ से ऊपर उठाकर दिल और आत्मा तक जोड़ता है।

2. सहारा और भरोसा देता है:

जब आप भावनात्मक रूप से अपने साथी से जुड़े होते हैं, तो हर मुश्किल और चुनौती आसान लगने लगती है। यह रिश्ते को स्थिर बनाता है और साथी को यह भरोसा देता है कि चाहे कुछ भी हो, वे कभी अकेले नहीं हैं।

Conclusion

रिश्ता ठीक वैसे ही है जैसे एक खूबसूरत बग़ीचा। इसमें अलग-अलग फूल हैं—कुछ रंगीन और खुशबूदार, कुछ नाज़ुक और कोमल। हर फूल की अपनी खासियत है, जैसे हर इंसान की अपनी सोच, भावनाएँ और आदतें होती हैं।

- प्यार वह मिट्टी है जो फूलों को जड़ से मजबूती देता है।
- **Understanding** और **Respect** वह पानी और धूप हैं जो फूलों को बढ़ने और खिलने में मदद करते हैं।
- Caring और Emotional Bonding वह नमी और हवा हैं जो फूलों की खुशबू को हर तरफ फैलाती है।
- **Personal** Space और **Maturity** वह जगह और सहारा हैं, जिससे हर फूल अपने तरीके से बढ़ता है और बाकी फूलों के साथ तालमेल बनाकर खिलता है।

याद रखिए-

"रिश्ता वही है, जहाँ दो फूल अलग हों लेकिन उनकी खुशबू एक-दूसरे को महकाती रहे।"

गणेश सिंह कुँवर

21

जब रिश्ते में तीसरा व्यक्ति(3rd Person) आ जाए?

प्यार और शादीशुदा जीवन की सबसे खूबसूरत बात यह है कि इसमें दो लोग मिलकर एक नई दुनिया बनाते हैं। यह रिश्ता भरोसे, समझ, इज़्ज़त और साथ पर टिका होता है। लेकिन कभी-कभी इस दुनिया में अनजाने में या हालातों की वजह से एक तीसरा व्यक्ति आ जाता है।

यह तीसरा व्यक्ति कोई भी हो सकता है – दोस्त, रिश्तेदार, सहकर्मी, या कोई ऐसा इंसान जिससे एक पार्टनर ज़्यादा जुड़ने लगता है। शुरू-शुरू में यह सामान्य लगता है, लेकिन धीरे-धीरे यह रिश्ता डगमगाने लगता है। प्यार का असली इम्तिहान यहीं से शुरू होता है। सवाल यह है – क्या आप तीसरे व्यक्ति को रिश्ते को तोड़ने देंगे, या फिर मिलकर इसे और मज़बूत बना लेंगे?

क्या समस्याएँ आती हैं?

1. शक और अविश्वास

रिश्ते में सबसे बड़ी चोट तब लगती है जब भरोसे पर सवाल उठने लगते हैं। अगर कोई तीसरा इंसान बीच में आ जाए, तो संदेह अपने आप जन्म ले लेता है। चाहे हकीकत कुछ भी हो, शक रिश्ते को भीतर से खोखला कर देता है।

2. गलतफहमियाँ और चुप्पी

पार्टनर अगर किसी और से ज्यादा बातें करने लगे तो अक्सर लोग मन में सोचने लगते हैं – "अब ये मुझसे बातें क्यों नहीं करता?"। यह सोच धीरे-धीरे चुप्पी में बदल जाती है। और चुप्पी रिश्तों की सबसे बड़ी दुश्मन होती है।

3. Emotional Distance

दोनों साथ रहते हुए भी एक-दूसरे से दूर महसूस करने लगते हैं। वही बातें जो पहले खुलकर होती थीं, अब छिपाने लगते हैं। दिल का connection धीरे-धीरे कम होने लगता है।

4. Ego और तकरार

जब बात साफ़ नहीं होती और शक का माहौल रहता है, तो Ego हावी हो जाता है। छोटी-छोटी बातें भी झगड़े का कारण बनने लगती हैं।

3rd Person ko कैसे Handle करें (Solutions)

1. खुलकर बात करें:

रिश्ते में तीसरे व्यक्ति का असर तब बढ़ता है जब आप बातें छिपाने लगते हैं। सबसे पहला कदम है – पार्टनर से शांत और साफ़ तरीके से अपनी भावनाएँ साझा करना। गुस्से में या आरोप लगाकर नहीं, बल्कि प्यार से यह बताना कि आपको कैसा महसूस हो रहा है।

2. Trust को मज़बूत रखें

शक करना आसान है, लेकिन भरोसा रखना मुश्किल। याद रखिए, शक रिश्ते को तोड़ता है और भरोसा जोड़ता है। पार्टनर को यह एहसास दिलाएँ कि आप उस पर विश्वास करते हैं। विश्वास जितना देंगे, उतना ही रिश्ता मजबूत होगा।

3. Boundaries तय करें

हर रिश्ते की कुछ सीमाएँ होती हैं। अगर कोई तीसरा व्यक्ति उन सीमाओं से आगे बढ़ रहा है, तो ज़रूरी है कि दोनों पार्टनर मिलकर तय करें कि कौन-सी बातें सिर्फ उनके बीच रहेंगी और किस हद तक दूसरों को शामिल किया जा सकता है।

4. Respect को बनाए रखें

कभी भी बातचीत या गुस्से में एक-दूसरे की इज़्ज़त मत गिराइए। यह सच है कि तकलीफ़ होती है, लेकिन इज़्ज़त देकर ही दिल जीता जा सकता है।

5. Quality Time Spend करें:

जितना समय आप एक-दूसरे को देंगे, उतना ही रिश्ता गहरा होगा। जब रिश्ता मज़बूत होगा, तो किसी तीसरे के लिए जगह ही नहीं बचेगी। मोबाइल, काम या दूसरे लोगों से ज़्यादा प्राथमिकता हमेशा पार्टनर को

दें।

6. Patience रखें

कभी-कभी गलतफहमियाँ तुरंत खत्म नहीं होतीं। धैर्य रखिए। समय के साथ जब आपका प्यार और भरोसा दिखेगा, तब रिश्ता पहले से ज्यादा मजबूत हो जाएगा।

Conclusion:

रिश्ते को बचाने का असली तरीका यही है – बात करना, भरोसा रखना और Respect देना। अगर ये तीनों कायम हैं, तो कोई भी तीसरा इंसान कभी बीच में नहीं आ पाएगा।

Always Remember:

"प्यार तब मज़बूत होता है, जब दो लोग एक-दूसरे को सुनते हैं, समझते हैं और मान देते हैं... क्योंकि जहाँ समझ और सम्मान है, वहाँ तीसरे की ज़रूरत ही नहीं पड़ती।"

22

प्यार क्या होता है असल में?

कहा जाता है, प्यार ज़िंदगी का सबसे खूबसूरत एहसास होता है, पर सच तो ये है कि सबसे मुश्किल समझ आने वाली चीज़ भी "प्यार" ही है। कभी ये हमें मुस्कुराना सिखाता है, तो कभी ये हमें सबसे गहरे दर्द से मिलवाता है।

हर किसी की अपनी definition होती है — किसी के लिए प्यार "देखभाल" है, किसी के लिए "कबूल कर लेना", और किसी के लिए "खामोशी में भी महसूस होना।"

हम सबने कभी न कभी किसी को पूरे दिल से चाहा है — कभी पाया, कभी खोया, कभी समझा, और कभी खुद को ही सवालों में खो दिया।

पर क्या हमने कभी ये समझा कि प्यार असल में होता क्या है?

क्या ये सिर्फ़ दिलों का मेल है या आत्मा का रिश्ता?

क्या ये सिर्फ़ एक इज़हार है या एक आजीवन इम्तिहान?

इस अध्याय में हम उसी सच्चाई को महसूस करेंगे — जहाँ प्यार इज़हार नहीं, एहसास बन जाता है। जहाँ प्यार माँगना नहीं, देना सिखाता है और जहाँ प्यार किसी को बदलने की कोशिश नहीं करता, बल्कि उसकी हर कमी को अपने दिल में जगह दे देता है।

क्योंकि सच्चा प्यार वही है जो समझे, जो थामे रखे, और जो तुम्हारे "खामोश" होने पर भी तुम्हें सुन ले। कभी सोचा है, प्यार असल में होता क्या है?

क्या ये सिर्फ एक feeling है या एक responsibility?

क्या ये बस "I love you" कह देने भर से पूरा हो जाता है,

या फिर किसी के लिए चुपचाप रो जाना भी प्यार कहलाता है?

आज के समय में लोग love तो बहुत जल्दी कर लेते हैं, पर उसे निभाने की हिम्मत बहुत कम लोगों में होती है। प्यार कोई खेल नहीं, ये connection of souls है — जहाँ दो दिल एक-दूसरे को बिना शब्दों के समझ लेते हैं। जब तुम्हारा सुकून उसके सुकून से जुड़ जाए, और तुम्हारा दर्द उसके आँसुओं से मिल जाए, तब समझो कि सच्चा प्यार वहीं से शुरू हुआ है।

प्यार सिर्फ खुशी नहीं, एक ज़िम्मेदारी भी है

लोग कहते हैं, "प्यार में सब कुछ अच्छा लगता है।" लेकिन सच्चाई ये है कि प्यार में सब कुछ आसान नहीं होता। कभी समझौता करना पड़ता है, कभी ego छोड़नी पड़ती है, कभी चुप रहकर भी सब कुछ कहना पड़ता है। प्यार तुम्हें perfect नहीं बनाता, पर ये तुम्हें एक बेहतर इंसान ज़रूर बना देता है। क्योंकि जब तुम किसी से सच्चा प्यार करने लगते हो, तो तुम अपने अंदर के selfish इंसान को हराने लगते हो।

आज का प्यार — थोड़ा जल्दी शुरू, जल्दी ख़त्म

आज का प्यार थोड़ा fast food जैसा हो गया है — जल्दी शुरू होता है और जल्दी ख़त्म भी। लोग मिलते हैं, बातें करते हैं, और जब एहसास थोड़े बदल जाते हैं, तो कहते हैं "तुम बदल गए हो।"

पर सच्चा प्यार वो नहीं जो status पर लिखा जाए, सच्चा प्यार वो है जो ख़ामोशी में भी महसूस किया जाए। जब तुम्हारा partner कुछ न कहे, पर तुम उसकी आँखों में सब पढ़ लो — तो समझो प्यार ज़िंदा है।

वक्त ही सबसे बड़ा इम्तिहान है

प्यार का असली इम्तिहान कभी situation से नहीं, बल्कि time से होता है। अच्छे वक्त में तो सब साथ होते हैं, पर जब वक्त बुरा आता है, जो तब भी साथ रहे — वही सच्चा प्यार करता है। सच्चा प्यार तब नहीं दिखता जब सब कुछ perfect हो, बल्कि तब महसूस होता है जब हालात खराब हों

और फिर भी दोनों एक-दूसरे का हाथ न छोड़ें।

प्यार का असली मतलब — समझना और महसूस करना

प्यार एक language है जो हर इंसान की अपनी होती है। कोई care करके जताता है, कोई चुप रहकर, और कोई सिर्फ एक नज़र से सब कह देता है। सच्चा प्यार वो है जिसमें words कम और feelings ज़्यादा होती हैं। जिसमें "मैं तेरे बिना नहीं जी सकता" नहीं, बल्कि "मैं तेरे साथ ज़िंदगी जीना चाहता हूँ" होता है।

प्यार एक सफ़र है, मंज़िल नहीं

प्यार एक journey है, जहाँ हर मोड़ पर कुछ सिखने को मिलता है। कभी हँसी, कभी आँसू, कभी दूरियाँ, कभी नज़दीकियाँ — सब इसी सफ़र के हिस्से हैं।

कुछ प्यार शादी तक पहुँचते हैं, और कुछ सिर्फ़ यादों में रह जाते हैं। लेकिन दोनों ही सच्चे होते हैं, क्योंकि दोनों ने किसी न किसी दिल को बदल दिया होता है।

निष्कर्ष (Conclusion)

प्यार असल में समझाने का नहीं, महसूस करने का नाम है। जहाँ तुम्हारा ego मिट जाए और तुम्हारे emotions जीत जाएँ — वही

असली प्यार है।

किसी के लिए ख़ुश रहने की दुआ माँगना, किसी के लिए चुप रह जाना और किसी के लिए खुद को बदल लेना — यही प्यार के असली रंग हैं।

प्यार हमेशा perfect नहीं होता, पर जब दिल सच्चा होता है, तो प्यार अपने आप perfect लगने लगता है।

याद रखिये

प्यार तब नहीं होता जब सब कुछ सही लगता है, प्यार तब होता है जब सब गलत होते हुए भी तुम्हारा दिल उसी इंसान के लिए धड़कता रहता है।

23

Attraction और True Love में फ़र्क

कभी किसी को देखकर यूँ लगा है कि — "बस यही है वो इंसान!"

दिल एकदम तेज़ी से धड़क उठा, चेहरे पर हल्की मुस्कान आई, और बिना कुछ सोचे समझे मन ने कहा — "I'm in love!"

पर वक्त बीतने के साथ, वो एहसास धीरे-धीरे बदल गया। वो excitement जो पहले हर बात में थी, अब fade होने लगी। जो बातें पहले दिल को छू जाती थीं,

अब वही बातें चुभने लगीं। यही होता है — Attraction और True Love का अंतर।

Attraction की शुरुआत बहुत चमकदार होती है, वो हमें किसी के आसपास खींच लाता है —

कभी उसके looks से,

कभी उसकी voice से,

कभी उसकी vibe से।

पर सच्चा प्यार इतना surface-level नहीं होता। वो दिखावे से आगे बढ़कर, आत्मा की गहराई तक पहुँचता है। जहाँ किसी का चेहरा नहीं, बल्कि उसका दिल, उसका nature और उसकी सच्चाई दिखती है।

Attraction तुम्हें किसी के “पास” खींचता है, पर True Love तुम्हें उस इंसान के “अंदर” तक ले जाता है। Attraction में चाहत होती है — पर True Love में अपनापन। Attraction में तुम्हें उस इंसान को पाना होता है, पर True Love में तुम्हें उसे खोने का डर नहीं होता — क्योंकि तुम उसे “मालिकाना हक़” से नहीं, बल्कि “दिल की गहराई” से चाहते हो।

Attraction आँखों को भाता है, पर Love दिल को समझ आता है।

Attraction कुछ पलों की चाहत है,पर Love वो एहसास है जो वक्त के साथ और गहरा होता जाता है।

Attraction क्या होता है (Reality of Attraction)

Attraction एक तरह की temporary curiosity है। वो पलभर की खिंचाव भरी feeling होती है जो किसी की smile, style या presence से पैदा होती है।

कभी किसी को देखकर लगा हो — “इसकी eyes बहुत beautiful हैं...” या “इसका confidence बहुत classy है...” बस वहीं से शुरू होता है attraction।

पर attraction हमेशा दिल का नहीं होता — वो अक्सर mind और eyes से शुरू होता है। तुम्हें लगता है कि वो इंसान perfect है, क्योंकि तुमने अब तक उसकी real life नहीं देखी होती। तुम उसके flaws नहीं जानते, उसके mood swings, उसके insecurities — सब कुछ तुमसे hidden रहते हैं।

Attraction में दिल को excitement मिलती है, पर sukoon नहीं। वो तुम्हें कुछ पल के लिए खुश रखता है, पर कभी स्थायी शांति नहीं देता।

और जब वो नयापन खत्म हो जाता है, तो दिल खाली-सा लगने लगता है। तभी पता चलता है — “शायद ये प्यार नहीं था, बस एक attraction था...”

True Love क्या होता है (The Soul Connection)

True Love की कहानी अलग होती है वो धीरे-धीरे शुरू होता है — कभी किसी की समझ से, कभी उसकी honesty से, कभी उसके silence से।

तुम्हें शायद याद भी नहीं होता कि कब वो इंसान तुम्हारे लिए खास बन गया। वो तुम्हारी आदत बन जाता है, तुम्हारे दिन की शांति, तुम्हारे रात की दुआ बन जाता है।

True Love में सिर्फ़ passion नहीं होता, बल्कि patience भी होता है। वो रिश्ता physical attraction से नहीं, emotional attachment से जुड़ता है।

जब कोई इंसान तुम्हारे mood, तुम्हारी khamoshi, तुम्हारे pain को समझने लगे — तो यकीन मानो, वो सिर्फ attraction नहीं, True Love है।

सच्चा प्यार वो नहीं जो हर वक़्त "I love you" बोले, बल्कि वो है जो बिना बोले भी तुम्हारे दर्द को महसूस कर ले।

True Love में "ego" की जगह "empathy" होती है, "demands" की जगह "understanding" होती है वो रिश्ता तब भी कायम रहता है जब हालात बदल जाते हैं, लोग दूर हो जाते हैं, और वक़्त इम्तिहान लेने लगता है।

True Love में कोई reason नहीं होता —बस एक एहसास होता है, जो हर बार दिल में कहता है,

"Tu rahe ya na rahe, par tu meri dua mein hamesha rahe."

24

Trust - हर Relationship का Base

कहा जाता है — प्यार की जड़ भरोसे में होती है और ये बात सौ प्रतिशत सच है। क्योंकि जहाँ भरोसा नहीं, वहाँ रिश्ता सिर्फ "नाम" का रह जाता है। कभी सोचा है, किसी से बहुत प्यार करने के बाद भी अगर दिल में थोड़ा-सा शक आ जाए तो क्यों सब कुछ बदल जाता है? क्यों अचानक बातों में ठंडापन आ जाता है, क्यों आँखों की चमक कम होने लगती है, और क्यों वो इंसान जो कभी "अपना" लगता था,

अब "अजनबी" सा महसूस होने लगता है? इसका जवाब एक ही है — Trust का टूटना।

Trust एक mirror की तरह होता है — एक बार टूट जाए तो उसे जोड़ सकते हो, पर दरारें हमेशा दिखती हैं। आज के रिश्तों में प्यार तो बहुत है, पर भरोसा नहीं। लोग कहते हैं "I love you" हज़ार बार, पर "I trust you" बोलने में हिचकिचाते हैं।

क्योंकि "love" words से साबित हो सकता है, पर "trust" वक़्त और actions से बनता है। किसी पर भरोसा करना आसान नहीं होता —

उसके लिए courage चाहिए, क्योंकि जब तुम किसी पर भरोसा करते हो, तुम उसे अपने दिल का key दे देते हो। और अगर वो key गलत हाथ में चली जाए, तो दिल हमेशा के लिए बंद हो जाता है।

रिश्ता कोई Contract नहीं, एक विश्वास होता है।

मान लीजिए आपने किसी मज़बूत Bridge पर कदम रखा और सोचा — "अब ये कभी नहीं गिरेगा।"

पर अगर हर कदम पर आप ये सोचते रहें कि कहीं टूट न जाए, तो क्या आप उस पुल को पार कर पाएँगे? नहीं ना!

उसी तरह, Relationship में भी Trust वही Bridge है

जिस पर चलने के लिए हिम्मत चाहिए, ना कि हर वक़्त शक करने की आदत।

हर दिन थोड़ा faith, थोड़ा patience, और थोड़ा understanding देने से ही रिश्ता मज़बूत रहता है।

Trust क्यों इतना ज़रूरी है?

क्योंकि बिना trust के कोई भी रिश्ता survive नहीं कर सकता। तुम किसी से हज़ार बार प्यार कर सकते हो, पर अगर तुम उसे doubt करते हो, तो धीरे-धीरे रिश्ता खत्म हो जाता है।

Trust वो root है जो हर relationship को stable रखती है। वो reason है कि तुम अपने partner के सामने real रह पाते हो —

बिना डर, बिना mask के। Trust ही वो चीज़ है जो distance में भी connection को ज़िंदा रखती है। अगर trust है तो silence भी समझ में आता है, अगर trust नहीं है तो हर बात suspicious लगती है।

Trust एक ऐसा bond है जो promises से ज़्यादा powerful होता है। क्योंकि promises तो टूट सकते हैं, पर trust एक बार टूटा, तो हर बात doubtful हो जाती है।

जब Trust टूटता है...

Trust का टूटना किसी heartbreak से भी ज़्यादा painful होता है। क्योंकि प्यार टूटने पर इंसान रोता है, पर trust टूटने पर इंसान बदल जाता है। जब कोई ऐसा व्यक्ति तुम्हें धोखा दे

जिसे तुमने सबसे ज़्यादा विश्वास दिया था, तो सिर्फ़ रिश्ता नहीं टूटता — तुम्हारा विश्वास करने का हक़ भी चला जाता है।

वो अंदर का भरोसा, वो innocence धीरे-धीरे डर में बदल जाती है। फिर हर नए इंसान पर शक होने लगता है, हर smile झूठी लगने लगती है, हर "I'm fine" के पीछे सवाल छिप जाता है।

Trust टूटने के बाद इंसान दो हिस्सों में बंट जाता है —एक हिस्सा जो अब भी भरोसा करना चाहता है,और दूसरा जो कहता है "अब किसी पर यकीन मत करना।"

पर सच्चाई ये है —Trust टूटने के बाद भी जिंदगी रुकती नहीं। कभी-कभी वही टूटना हमें सिखाता है कि भरोसा "सही इंसान" पर करो, ना कि हर उस पर जो मीठा बोलता है।

Trust कैसे बनता है?

Trust बनता है धीरे-धीरे, छोटे-छोटे gestures से, हर honesty से, हर respect से, हर बार जब कोई तुम्हारे पीछे भी तुम्हारे लिए अच्छा बोले।

Trust तब बनता है जब कोई तुम्हारे secret को संभाले, तुम्हें गलत होने पर भी insult न करे, बल्कि समझाए।

Trust तब grow करता है जब कोई तुम्हारे absence में भी तुम्हारी presence feel करवाए।

Trust बनाने के लिए perfect होना ज़रूरी नहीं, सच्चा होना ज़रूरी है। क्योंकि झूठ चाहे कितना भी छोटा क्यों न हो, वो भरोसे को बहुत बड़ा झटका दे देता है।

Marriage में Trust की अहमियत

शादी सिर्फ़ दो लोगों का रिश्ता नहीं, वो दो आत्माओं का connection है। वहाँ प्यार के साथ भरोसा सबसे बड़ा स्तंभ होता है। अगर शादी में trust है,

तो लड़ाई भी एक-दूसरे को समझने का जरिया बन जाती है। पर अगर trust नहीं है, तो छोटी सी बात भी तूफ़ान बन जाती है। Trust शादी को मज़बूत बनाता है, क्योंकि वो दोनों को एक-दूसरे की feelings की value समझाता है। वो सिखाता है कि प्यार में शक नहीं, सच्चाई और patience चाहिए।

क्योंकि जब पति-पत्नी के बीच trust होता है, तो कोई तीसरा कभी जगह नहीं बना सकता।

Trust का असली मतलब

Trust का असली मतलब ये नहीं कि कोई गलती न करे — बल्कि ये कि जब वो गलती करे, तब भी तुम यकीन रखो कि उसका इरादा बुरा नहीं था।

Trust का मतलब है "मैं तुम पर विश्वास करता हूँ, चाहे पूरी दुनिया मेरे खिलाफ क्यों न हो।" Trust वही चीज़ है जो रिश्तों को time की कसौटी पर टिकाए रखती है।क्योंकि प्यार वक्त के साथ बदल सकता है, पर भरोसा अगर सच्चा हो, तो रिश्ता हमेशा के लिए बन जाता है।

Conclusion

Trust हर रिश्ते की आत्मा है। बिना इसके प्यार, वादे, और इमोशन्स सब बेअसर हो जाते हैं।

प्यार "दिल" से शुरू होता है,पर टिकता "**भरोसे**" से है।

अगर तुम किसी को सच्चा प्यार करते हो,तो सबसे पहले उसे भरोसा देना सीखो —क्योंकि जहां भरोसा होता है, वहीं सुकून होता है।

प्यार से रिश्ता बनता है, पर भरोसे से वो ज़िंदा रहता है।

<u>याद रखिये</u>

*प्यार अगर दिल की धड़कन है,तो भरोसा उसकी सांसें हैं —
एक रुक जाए, तो दूसरा ज़िंदा नहीं रह पाता।*

25

Space vs Distance: जब ज़रूरत से ज़्यादा दूरियाँ बढ़ जाती हैं

हर रिश्ता एक plant की तरह होता है ? उसे पानी चाहिए — यानी attention, पर ज़रूरत से ज़्यादा पानी दे दो — तो वो सड़ जाता है। रिश्ते में भी कुछ ऐसा ही होता है। कभी हम इतना पास आ जाते हैं कि सामने वाला घुटने लगता है, और कभी इतना दूर चले जाते हैं कि लौटने की हिम्मत ही नहीं होती।

हर relationship में "space" बहुत ज़रूरी होती है — क्योंकि हर इंसान को खुद के लिए वक़्त चाहिए। कभी-कभी अकेले रहना, खुद से बातें करना, अपने emotions को समझना — ये सब जरूरी है। पर दिक्कत तब शुरू होती है जब वो "space" धीरे-धीरे "distance" में बदल जाती है। जब एक-दूसरे के बीच वो silence आने लगती है जो पहले कभी थी ही नहीं। शुरुआत में लोग कहते हैं — "थोड़ा space चाहिए, सब ठीक हो जाएगा।" पर वही space एक दिन दीवार बन जाती

है। और वो दीवार धीरे-धीरे दोनों को अलग कर देती है।

इस chapter में हम समझेंगे — कैसे “space” healthy होती है, पर “distance” रिश्ते की सबसे धीमी मौत होती है। कैसे हम balance करें — ताकि ना suffocation हो, और ना separation।

हर किसी को खुद के लिए वक़्त चाहिए, इसका मतलब वो तुमसे दूर नहीं जा रहा

कई बार हम सोचते हैं कि अगर कोई हमसे बात नहीं कर रहा, तो वो हमसे दूर हो गया है। पर सच्चाई ये है — कभी-कभी लोग खुद के अंदर की लड़ाई लड़ रहे होते हैं। हर किसी का healing process अलग होता है। किसी को शांति चाहिए, किसी को अकेलापन।

Distance तब खतरनाक होती है जब reason कोई और बन जाए

Space तब तक safe है जब तक वो “खुद के लिए” होती है। पर जब वो “किसी और के लिए” हो जाए, तो वो distance बन जाती है। जब कोई नया person तुम्हारे बीच आने लगता है, जब तुम्हारा partner तुम्हारे बजाय किसी और को comfort zone मानने लगे, तो वो space अब warning बन चुकी होती है।

Communication और Space साथ चलें तो रिश्ता strong होता है

Space और communication को साथ लेकर चलना चाहिए। अगर तुम किसी को space दे रहे हो, तो उससे यह भी कहना चाहिए — “मैं यहाँ हूँ, जब तू बात करना चाहे।” इससे सामने वाला secure महसूस करता है। वो जानता है कि “distance” नहीं, बस “pause” चल रहा है।

Distance बढ़ने से पहले Feel करना ज़रूरी है

कई बार distance चुपचाप बढ़ती है। ना कोई झगड़ा, ना कोई reason — बस vibes बदल जाती हैं। और हम सोचते हैं — "पता नहीं क्या हुआ।"

इससे पहले कि ऐसा हो, Feel करो — क्या वो उतना ही invested है?

क्या तुम्हारी बातों में अब भी वही warmth है?

Space सही तरीके से दी जाए तो रिश्ते में breathing होती है

रिश्ता तभी चलता है जब दोनों को थोड़ी आज़ादी हो। तुम्हारे partner को उसके dreams, उसके friends, उसके खुद के समय के लिए freedom दो।

क्योंकि जब तुम किसी को बंद कर देते हो, वो निकलने की कोशिश करेगा। पर जब तुम उसे open sky देते हो, वो खुद लौटकर तुम्हारे पास आएगा।

Distance कभी अचानक नहीं बढ़ती, वो धीरे-धीरे आदत बन जाती है

पहले एक दिन बात नहीं होती, फिर दो दिन, फिर एक हफ्ता — और फिर एक दिन एहसास होता है कि अब बात करने की ज़रूरत ही नहीं लगती।

यही होती है Distance की सबसे painful stage — जब दिल अब भी चाहता है, पर ज़ुबान खामोश हो जाती है।

Conclusion

रिश्ते में breathing space ज़रूरी है, पर distance dangerous है। कभी इतना पास मत रहो कि सामने वाला घुट जाए, और कभी इतना दूर मत जाओ कि लौटना मुश्किल हो जाए।

सच्चा प्यार वो है जो आज़ादी भी दे, और अपनापन भी रखे। जो कहे — "जा अपने सपने पूरे कर, पर लौटना मेरे पास ही।"

Space वो pause है जो love को fresh रखता है, और distance वो silence है जो धीरे-धीरे उसे खत्म कर देता है।

Always Remember:

"रिश्ता तब तक ज़िंदा रहता है जब तक दिल पास रहते हैं... क्योंकि space सिर्फ़ साँसों के लिए होती है, Distance नहीं।"

26

Silence Between Us: जब बातों से ज़्यादा चुप्पी बोलने लगे

कभी सोचा है —

किसी वक्त वो इंसान जो दिन में दस बार तुम्हारा नाम लेता था, अब घंटों तक तुम्हारा message तक नहीं खोलता... वो जो तुम्हारी हर बात पर मुस्कुरा देता था, अब हर बात पर सिर्फ़ "hmm" कहकर निकल जाता है।

वो silence, जो पहले comfort था — अब torture बन जाता है। वो चुप्पी, जो पहले प्यार में गहराई दिखाती थी, अब दूरी की शुरुआत लगती है। हर रिश्ता शुरू होता है excitement से — हर बात में curiosity होती है, हर पल में energy। पर जब वो energy धीरे-धीरे कम होने लगती है, तो रिश्ता एक नए दौर में पहुँच जाता है — "The Silent Phase."

इस phase में ना कोई लड़ाई होती है, ना कोई बड़ी misunderstanding, बस "कुछ" बदल जाता है — जो समझ में नहीं

आता, पर महसूस ज़रूर होता है। तुम एक-दूसरे के सामने होते हो, पर जैसे दो strangers बैठें हों, जिन्हें अब समझ नहीं आता कि क्या बात करें... और यहीं से शुरू होती है वो "खामोशी" जो प्यार को अंदर ही अंदर खा जाती है।

जब खामोशी ego की आदत बन जाए

कभी-कभी हम बोलना चाहते हैं, पर सोचते हैं — "क्यों हमेशा मैं ही बात शुरू करूं?" यहीं से शुरू होती है ego की दीवार। धीरे-धीरे वो ego इतनी मज़बूत हो जाती है कि रिश्ता उस दीवार के पार ही रह जाता है।

जब silence प्यार को धीरे-धीरे खत्म कर दे

Silence भी एक slow poison है। वो धीरे-धीरे feelings को खत्म कर देती है। पहले तुम सोचते हो — "वो busy होगा।" फिर — "शायद interest कम हो गया है।" और एक दिन — "अब कुछ बचा ही नहीं।"

जब silence एक test बन जाए

हर relationship में एक ऐसा समय आता है जब communication कम हो जाता है। वो वक्त रिश्ते की परीक्षा होता है। अगर दोनों लोग उस silence को समझ जाएँ, तो वो रिश्ता और मज़बूत बनता है। लेकिन अगर वो silence को दूरी मान लें, तो प्यार fade होने लगता है।

Conclusion: Silence बोलती है, बस सुनने वाला चाहिए

कभी-कभी हम रिश्तों को words से नहीं, चुप्पियों से समझ सकते हैं। क्योंकि जब कोई बोलना बंद कर दे, तो इसका मतलब ये नहीं कि वो feelings खत्म हो गईं — शायद वो सिर्फ़ थक गया है हर बार समझाने से। हर रिश्ते में एक time आता है जब बातों से ज़्यादा महसूस करना ज़रूरी होता है। अगर तुमने अपने इंसान की खामोशी को समझ लिया, तो तुमने उस रिश्ते को बचा लिया। पर अगर तुमने उस silence को ignore कर दिया, तो वही खामोशी तुम्हें हमेशा के लिए एक-दूसरे से दूर कर देगी।

Always Remember:

"कभी-कभी रिश्ता बोलने से नहीं, एक खामोशी समझने से बचता है... क्योंकि सच्चा प्यार चीखता नहीं, बस चुप रहकर भी सब कह देता है।"

27

Forgive but Don't Forget: माफ़ी और यादों के बीच का रिश्ता

कभी किसी ने तुम्हें इतना hurt किया है कि तुमने उसे माफ़ तो कर दिया... पर जब भी वो याद आती है, दिल फिर से वही दर्द महसूस करता है? यही है "Forgive but Don't Forget" का सच।

रिश्तों में हर बार गलती किसी एक की नहीं होती। कभी हालात गलत होते हैं, कभी समय, और कभी वो ख़ामोशी जो सही वक्त पर टूट नहीं पाती। हम सब कहते हैं – "मैंने माफ़ कर दिया।" पर असल में माफ़ी देना आसान नहीं होता। क्योंकि माफ़ करना तो words में हो जाता है, पर भूलना दिल में नहीं हो पाता।

कभी हम किसी को इसलिए माफ़ करते हैं क्योंकि वो हमारे लिए बहुत ज़रूरी होता है, कभी इसलिए क्योंकि हम अब थक चुके होते हैं हर बार वही दर्द महसूस करते हुए। पर जो बात सबसे painful होती है, वो ये कि माफ़ी के बाद भी यादें पीछा नहीं छोड़तीं। वो हर बार याद दिलाती

हैं — "हाँ, तूने माफ़ किया है... लेकिन वो दर्द अब भी ज़िंदा है।"

माफ़ करना कमजोरी नहीं, समझदारी है

कई लोग सोचते हैं कि अगर तुमने किसी को माफ़ किया, तो तुमने हार मान ली। पर असल में माफ़ी देना सबसे बड़ी जीत होती है। माफ़ी का मतलब ये नहीं कि जो हुआ वो ठीक था — बल्कि ये है कि तुम अब उस दर्द को अपने अंदर नहीं रखना चाहते।

Example:

Simran को Manoj ने एक बार बहुत hurt किया — उसने उसे झूठ बोला था कि वो busy है, जबकि वो अपने दोस्तों के साथ था।

Simran ने कुछ दिन बात नहीं की, पर बाद में उसने उसे माफ़ कर दिया। क्योंकि उसे पता था कि गलती इंसान से ही होती है, और अगर वो Manoj को छोड़ देगी, तो वो खुद को भी तोड़ देगी।

- माफ़ करना दूसरों के लिए नहीं, अपने दिल की शांति के लिए होता है।

हर माफ़ी दिल से नहीं आती, कुछ ज़रूरत से आती हैं

कभी-कभी हम माफ़ इसलिए करते हैं क्योंकि हम उस इंसान को खोना नहीं चाहते। हम सोचते हैं — "चलो, छोड़ो, रहने दो।" पर अंदर से हम जानते हैं कि दिल अब वैसा नहीं रहा।

Example:

एक लड़की का fiancé उसे बार-बार ignore करता था, पर वो हर बार उसे माफ़ कर देती थी। क्योंकि उसे डर था कि अगर उसने सवाल किया, तो शायद वो उसे छोड़ दे। वो हर बार "ठीक है" कहती रही, पर उसके दिल में हर "ठीक है" एक नया ज़ख्म छोड़ता गया।

- माफ़ी सच्ची तभी होती है जब वो डर से नहीं, दिल से दी जाए।

माफ़ करना आसान है, पर भूलना सबसे मुश्किल

कभी-कभी इंसान को माफ़ कर देना आसान होता है, पर जो उसने कहा या किया — वो याद हमेशा रह जाती है। वो याद हर बार सामने आ जाती है जब कोई नई बात होती है।

माफ़ी का मतलब ये नहीं कि सब पहले जैसा हो जाएगा

जब कोई तुम्हें hurt करता है और फिर माफ़ी माँगता है, तो रिश्ता फिर जुड़ तो सकता है, पर वो दरार हमेशा रहती है।

Forgiveness is not instant – it takes time

माफ़ करना कोई बटन नहीं कि तुरंत हो जाए। कई बार दिल को heal होने में वक्त लगता है। पर कोशिश करते रहो — क्योंकि धीरे-धीरे वो घाव भी भर जाते हैं।

Conclusion: माफ़ी का मतलब भूलना नहीं, बल्कि सुकून पाना है

प्यार में हर कोई गलती करता है। कभी ज़रूरत से ज़्यादा बोल देते हैं, कभी ज़रूरत से ज़्यादा चुप रह जाते हैं। पर जो इंसान माफ़ करना जानता है, वो प्यार की असली depth समझता है।

माफ़ी से रिश्ता फिर से जी उठता है, पर यादें हमें याद दिलाती हैं कि अगली बार "blind trust" नहीं, बल्कि "balanced trust" ज़रूरी है। कभी-कभी माफ़ करना मतलब "छोड़ देना" नहीं होता, बल्कि "सीख लेना" होता है। क्योंकि सच्चा प्यार वही होता है जो दर्द के बाद भी

नफरत में नहीं बदलता।

Always Remember:

"मैंने तुझे माफ़ किया क्योंकि तेरा गुनाह बड़ा नहीं, मेरी मोहब्बत बड़ी थी... पर याद रख — माफ़ किया है, भूलाया नहीं।"

28

Distance in Love: जब पास होकर भी दूर हो जाते हैं

प्यार में distance दो तरह की होती है — एक वो, जो miles में होती है, और एक वो, जो emotions में होती है।

पहली वाली distance तो समझ में आ जाती है — वो job, career या family की वजह से होती है। पर दूसरी distance... वो सबसे painful होती है। क्योंकि उसमें इंसान तुम्हारे साथ तो होता है, पर फिर भी कहीं खोया हुआ लगता है।

कभी notice किया है?

वो इंसान जो पहले हर छोटी बात share करता था, अब बस "hmm" कहकर बात खत्म कर देता है। वो जो हर दिन तुम्हारा face देखे बिना सो नहीं सकता था, अब हफ्तों तक call तक नहीं करता।

तुम सोचते हो — "कहीं कोई और तो नहीं?" पर कई बार distance किसी और की वजह से नहीं, बल्कि अंदर की थकान की वजह से आती है। कभी प्यार बहुत हो जाता है, कभी expectation ज़्यादा बढ़ जाती है, और फिर दोनों एक-दूसरे से थोड़ी दूरी बना लेते हैं — क्योंकि अब हर

बात बोझ जैसी लगने लगती है। Distance का मतलब हमेशा betrayal नहीं होता। कभी ये सिर्फ़ एक pause होता है, जिसे सही तरह से समझ लो तो प्यार फिर से लौट आता है।

Distance doesn't always mean the end

कई बार लोग सोच लेते हैं — "अब सब खत्म हो गया।" पर हर distance breakup नहीं होती। कभी-कभी रिश्ते को space चाहिए होता है ताकि वो फिर से breathe कर सके।

Example:

Manoj और Simran बहुत अच्छे से चल रहे थे, पर धीरे-धीरे fights बढ़ने लगीं।

Manoj को लगा Simran बदल गई है, Simran को लगा Manoj अब care नहीं करता।

दोनों ने कुछ वक़्त के लिए एक-दूसरे से distance ले लिया।

पहले कुछ हफ्तों में दर्द हुआ, पर फिर उन्हें समझ आया — "हमारा गुस्सा हमारे प्यार से बड़ा नहीं था।" वो फिर से जुड़े, पहले से और mature होकर।

- हर दूरी breakup नहीं होती, कभी-कभी वो रिश्ते की healing period होती है।

Emotional Distance सबसे खतरनाक होती है

Physical distance संभल जाती है — calls, texts, video chats से। पर emotional distance... वो तब आती है जब इंसान तुम्हारे साथ होते हुए भी connect नहीं करता। वो सुनता है, पर समझता नहीं। वो देखता है, पर महसूस नहीं करता। और तुम हर दिन थोड़ा-थोड़ा टूटते जाते हो — बिना किसी loud fight के।

Example:

एक लड़की और लड़का रोज़ साथ रहते थे, same office, same lunch table, same route। पर अब बातें सिर्फ़ formal थीं — "खाना खाया?" "meeting kaisi thi?" दिल से बातें खत्म हो चुकी थीं। वो physically पास थे, पर emotionally मीलों दूर।

- Emotional distance तब शुरू होती है जब communication बंद हो जाता है।

Distance बढ़ती नहीं, बस silence बढ़ती है

हर distance की शुरुआत एक chhoti si chuppi से होती है। पहले दिन तुम सोचते हो — "चलो, mood खराब होगा।" दूसरे दिन — "शायद busy होगा।" तीसरे दिन — "अब तो शायद interest ही नहीं रहा।" और धीरे-धीरे वो gap इतना बढ़ जाता है कि अब बात करने के लिए words नहीं बचते।

Example:

एक couple में लड़का हर बार call करता था।

एक दिन उसने सोचा — "आज देखता हूँ, वो call करती है या नहीं।"

वो दिन हफ्तों में बदल गया। अब दोनों को आदत हो गई थी चुप रहने की। कभी distance गलती से नहीं, ego से बनती है।

- कभी किसी silence को इतनी लंबी मत होने दो कि उसमें तुम्हारा रिश्ता खो जाए।

Distance से डरने के बजाय, उसे समझो

हर रिश्ता हर समय एक जैसा नहीं रहता। कभी feelings high होती हैं, कभी dull। इसका मतलब ये नहीं कि प्यार खत्म हो गया।

कई बार इंसान खुद को समझने में busy हो जाता है। उसे वक्त चाहिए होता है खुद के सवालों के जवाब ढूंढने का। उस वक्त उसे थामने के बजाय, space देना समझदारी होती है।

Example:

Simran के life में बहुत pressure था — family, job, confusion। वो Manoj से दूर रहने लगी। Manoj ने उसे space दी, बिना सवाल किए। कुछ महीनों बाद जब वो लौटी, उसने कहा — "तूने कुछ नहीं कहा, इसलिए मैं खुद को समझ पाई।"

- कभी-कभी distance प्यार को खत्म नहीं करती, बल्कि उसे फिर से strong बना देती है।

Distance और Breakup में फर्क होता है

हर distance breakup नहीं होती, पर हर breakup की शुरुआत distance से ही होती है। इसलिए ज़रूरी है पहचानना कि ये distance "temporary" है या "emotional exit।"

Example:

एक लड़का और लड़की ने सोचा थोड़ा space लेंगे।

लड़की उसे याद करती रही, पर लड़का उस space में comfort ढूंढने लगा। वो distance अब habit बन गई। और जब लड़की ने कहा — "चलो फिर से शुरू करें," वो बोला — "अब दिल नहीं करता।"

- Distance को इतना मत बढ़ने दो कि वो लौटने की इच्छा ही खत्म कर दे।

Distance में अगर यादें जिंदा रहें, तो प्यार अब भी बाकी है

सबसे खूबसूरत बात ये है — अगर distance के बावजूद तुम उस इंसान को miss करते हो, तो प्यार अभी भी वहीं है। जो इंसान वाकई दिल में होता है, वो distance से fade नहीं होता, बल्कि और गहरा हो जाता है।

Example:

Simran और Manoj महीनों तक बात नहीं कर पाए। पर Manoj जब भी कोई song सुनता जो Simran को पसंद था, वो मुस्कुरा देता। वो याद अब भी ज़िंदा थी — और जब वो मिले, बस एक नज़र में सब वापस आ गया।

- Distance body के बीच होती है, दिलों के बीच नहीं।

Distance को खत्म करने के लिए "Ego" नहीं, "Effort" चाहिए

रिश्ते अपने आप नहीं बचते, उन्हें रोज़ थामना पड़ता है — एक call, एक message, एक "miss you।" अगर तुम किसी को सच में चाहते हो, तो उसकी दूरी को "ego" का reason मत बनाओ।

Example:

लड़की इंतज़ार कर रही थी कि लड़का call करे, लड़का सोच रहा था कि लड़की call करे। दोनों अपनी जगह सही थे, पर उनका ego बीच में खड़ा था। और कुछ महीनों में, वो silence permanent हो गई।

- Distance से बड़ा killer "ego" है। एक simple "hi" कई बार relationship बचा लेता है।

Conclusion: Distance तब तक दर्द देती है, जब तक प्यार ज़िंदा है

कभी सोचा है, क्यों किसी दूर चले जाने वाले की याद हमें इतनी तकलीफ़ देती है? क्योंकि feelings खत्म नहीं होतीं। प्यार वहीं होता है — बस रास्ता धुंधला पड़ जाता है। Distance कभी relationship को खत्म नहीं करती, बस test करती है कि कौन साथ रहेगा और कौन बीच रास्ते से लौट जाएगा।

अगर कोई इंसान सच में तुमसे प्यार करता है, तो distance उसे अलग नहीं करेगी, बल्कि और करीब ला देगी — दिल से।

Always Remember

"प्यार में distance बुरा नहीं होता, कभी-कभी वही सिखाता है कि कौन पास था, कौन बस पास दिख रहा था..."

29

Communication in Love: जब बात करना ही प्यार को जिंदा रखता है

कभी सोचा है कि प्यार खत्म कैसे होता है? क्या बेवफाई से? क्या झगड़े से? नहीं... प्यार सबसे ज़्यादा खामोशी से खत्म होता है। जब दो लोग एक-दूसरे से बात करना छोड़ देते हैं, तो रिश्ता धीरे-धीरे "हम" से "मैं" और "तुम" में बिखर जाता है।

रिश्ते में misunderstanding तब नहीं होती जब गलती होती है, बल्कि तब होती है जब बात नहीं होती। क्योंकि "कह देने" से जो हल हो जाता है, वो "चुप रहने" से उलझ जाता है।

Communication एक रिश्ते की सांस होती है। जिस तरह शरीर बिना सांस के नहीं जी सकता, उसी तरह रिश्ता बिना communication के नहीं टिक सकता।

कई बार लोग कहते हैं — "हम अब भी एक-दूसरे से प्यार करते हैं", पर सच ये होता है कि अब वो बात करना भूल चुके होते हैं। और जब

बातचीत खत्म हो जाती है,तो प्यार भी धीरे-धीरे दम तोड़ देता है।

इस chapter में हम समझेंगे — कैसे communication किसी भी रिश्ते की सबसे बड़ी ताकत है, कैसे chhoti chhoti baatein bhi relation ko heal karti hain, और कैसे "बात करने की आदत" ही एक रिश्ते को जिंदा रखती है।

बात करना मतलब सिर्फ बोलना नहीं, समझना भी

Communication का मतलब सिर्फ अपनी बात कहना नहीं, बल्कि सामने वाले की बात सुनना भी होता है। कई बार लोग तो बोलते हैं, पर सुनते नहीं। और वहीं रिश्ता कमजोर पड़ने लगता है।

Example:

सोचो कोई लड़की अपने boyfriend को कह रही है, "मुझे लगता है तुम अब पहले जैसे नहीं रहे।" और वो जवाब देता है, "तुम्हें हर चीज़ में problem होती है।"

यहाँ बात खत्म हो गई, क्योंकि उसने सुना नहीं, सिर्फ जवाब दिया।

अगर वो सुनता — तो समझता कि उसके शब्द नहीं, उसकी "feeling" बोल रही थी।

छोटी बातें भी बड़ा फर्क लाती हैं

कई बार हम सोचते हैं कि "हर बात बताने की क्या ज़रूरत है।" पर सच्चाई ये है — रिश्ता छोटी-छोटी बातों से ही गहराता है।

जब तुम अपने partner को अपने दिन की छोटी-छोटी बातें बताते हो, तो वो महसूस करता है कि वो तुम्हारी ज़िंदगी का हिस्सा है।

Example:

"आज office में बहुत stress था।" "आज kisi song ne teri yaad dila di।" ऐसी बातें छोटी लगती हैं, पर इन्हीं से "connection" बनता है।

Silence is not peace – कभी-कभी खामोशी तोड़ती है

कुछ लोग सोचते हैं कि "चुप रहना बेहतर है।" पर कई बार "खामोशी" सबसे बड़ा दूरिया पैदा कर देती है।

जब एक बोलना बंद करता है, दूसरा सोचना शुरू कर देता है — और वो सोच misunderstanding बन जाती है।

Example:

अगर तुम्हारा partner upset है और तुम सोचो — "चलो, उसे time दे देते हैं," तो वो शायद ये सोचेगा — "उसे अब फर्क नहीं पड़ता।" बस! यहीं से रिश्ता कमजोर होना शुरू हो जाता है।

Overthinking तब होती है जब communication नहीं होता

Overthinking रिश्ते की सबसे बड़ी दुश्मन है। और वो शुरू होती है जब "बात बंद हो जाती है।" जब सामने वाला कुछ नहीं कहता, तो दिमाग अपने खुद के जवाब बनाने लगता है — और ज़्यादातर वो जवाब गलत होते हैं।

Example:

अगर partner का reply देर से आए, तो दिमाग सोचने लगता है — "कहीं वो किसी और से तो बात नहीं कर रहा?" पर सच में वो busy भी हो सकता है।

बस एक "sorry baby, busy tha" कह देने से वो शक कभी पैदा ही नहीं होता।

Communication बीना respect के अधूरा है

बात करना सिर्फ words नहीं, एक tone होती है — जो या तो दिल जीतती है या तोड़ देती है। अगर तुम्हारे शब्दों में respect नहीं है, तो communication argument बन जाता है।

Example:

अगर तुम कहते हो — "Tum hamesha galat hoti ho," तो सामने वाला defensive हो जाएगा।

लेकिन अगर तुम कहो — "Shayad hum dono is baat ko alag nazariye se dekh rahe hain," तो बात वहीं soft पड़ जाती है। रिश्ते में words की जगह "tone" ज़्यादा मायने रखती है।

Communication It is useless without timing

हर बात हर वक्त नहीं करनी चाहिए। Communication की success का 50% हिस्सा timing से आता है। कभी-कभी सामने वाला thaka hua hota hai, Kabhi mood off होता है — अगर उस वक्त serious बात छेड़ दो, तो वो लड़ाई बन जाती है।

Example:

अगर तुम्हारा partner office से stress लेकर आया है, तो उसी वक्त "tum mujhe ignore kar rahe ho" बोलने से अच्छा है थोड़ा इंतज़ार करो, फिर प्यार से बात करो — क्योंकि calm mind ही सुन पाता है।

Non-verbal communication भी ज़रूरी है

हर बार "I love you" बोलना जरूरी नहीं, कभी-कभी एक नज़र, एक मुस्कान, या एक हाथ थाम लेना भी काफी होता है।

Communication सिर्फ शब्दों से नहीं होता — कई बार silence में भी दिल बोलता है।

Example:

जब कोई तुम्हारे कंधे पर सिर रखता है बिना कुछ कहे, तो वो शब्दों से ज़्यादा कुछ कह जाता है। वो बताता है — "Main tere saath hoon."

Communication तभी effective hota hai jab dono open ho

अगर सिर्फ एक बोलता रहे और दूसरा चुप रहे, तो वो conversation नहीं, monologue होता है। रिश्ते में दोनों को बोलने और सुनने की equal space देनी चाहिए। क्योंकि प्यार सिर्फ "express" नहीं, "exchange" भी होता है।

Example:

अगर तुम अपने partner की बात बीच में काटते रहो, तो उसे लगेगा कि उसकी बात की कोई value नहीं है। और वहीं से वो बोलना बंद कर देगा।

Communication ही misunderstanding का इलाज़ हैं

हर misunderstanding का एक ही इलाज है — "बात कर लो।" क्योंकि जब बात नहीं होती, तो दिल अपने खुद के answers बना लेता है। और वो answers अक्सर गलत होते हैं।

Example:

अगर तुम्हारा partner किसी बात पर चुप है, तो सोचने से बेहतर है — उससे पूछो — "tum theek ho na?" शायद वो रो पड़े, पर उस एक सवाल से रिश्ता बच सकता है।

Conclusion

Communication किसी भी रिश्ते की सबसे गहरी सांस है। जब तक दो लोग "बात करते" हैं, तब तक रिश्ता ज़िंदा रहता है। कभी भी अपने ego को इतना बड़ा मत होने दो कि वो "बात करने" से रोक दे। क्योंकि जब बात रुकती है, तो रिश्ता भी रुक जाता है। अगर तुम सच में किसी से प्यार करते हो, तो बात करते रहो — कभी रोकर, कभी हँसकर, कभी चुप रहकर भी क्योंकि "बोलना" कभी-कभी किसी टूटे दिल को भी जोड़ सकता है।

Always Remember

"रिश्तों में दूरियाँ तब नहीं बढ़ती जब समस्या होती है, बाल्की तब बढ़ती है जब बात करना बंद हो जाता है।"

30

Boundaries in Love: जब 'सीमाएँ' ही रिश्ते को टूटने से बचाती हैं

प्यार बहुत खूबसूरत होता है... लेकिन प्यार का मतलब ये नहीं होता कि तुम अपनी पूरी ज़िंदगी, अपनी identity, अपनी सोच, अपनी privacy... सब कुछ किसी दूसरे के नाम कर दो। सच्चा प्यार ओवर-पज़ेशन नहीं होता। सच्चा प्यार control नहीं होता। सच्चा प्यार sacrifice इतना बड़ा नहीं मांगता कि तुम खुद को ही भूल जाओ।

हर इंसान के जीवन में कुछ "Boundaries" होती हैं—भावनात्मक (emotional), मानसिक (mental), व्यक्तिगत (personal), और कभी-कभी शारीरिक (physical)। इन boundaries का मतलब ये नहीं कि तुम सामने वाले से दूरी बना रहे हो... बल्कि ये बताता है कि तुम खुद की इज़्ज़त करना जानते हो।

Boundaries दीवार नहीं, दरवाज़ा होती हैं— जो सही लोगों को अंदर आने देती हैं, और गलतों को बाहर रखती हैं। जो रिश्ता boundaries

को समझता है, वो सम्मान और संतुलन से चलता है। जो रिश्ता boundaries को नज़रअंदाज़ करता है, वो धीरे-धीरे दम तोड़ देता है।

इस chapter में हम बहुत गहराई से समझेंगे— Boundaries क्यों ज़रूरी हैं? कैसे बनी रहती हैं?

कब टूटती हैं? और बिना boundaries वाला प्यार कैसे इंसान को hollow कर देता है...

Boundaries hona मतलब सामने वाले को दूर करना नहीं... बल्कि खुद को खोने से बचाना है

इस दुनिया में हर किसी के अंदर एक "personal space" होता है— जहां वो सोचता है, जहां वो heal करता है, जहां वो खुद से बातें करता है। जब तुम किसी को प्यार करते हो, तो तुम उसके इस space की इज़्ज़त करते हो।

कई लोग सोचते हैं कि "प्यार में सब कुछ share करना चाहिए।" हाँ, share करना चाहिए— लेकिन जबरदस्ती नहीं।

Example:

अगर तुम्हारा partner कहे— "मुझे आधा घंटा अकेला रहने दो।" इसका मतलब ये नहीं कि वो तुमसे दूर भाग रहा है।

इसका मतलब है कि वो अपने mind को settle कर रहा है— ताकि बाद में वो तुम्हारे साथ बेहतर तरीके से connect कर सके।

- Boundaries healthy होती हैं। वो दूरी नहीं बनाती, Clarity बनाती हैं।

Boundaries trust ko strong बनाती हैं?

Boundaries होने का मतलब यह भी है कि तुम अपने partner को इतना trust करते हो कि उसे उसकी दुनिया जीने देते हो।

अगर relationship में trust है, तो boundaries comfort देती हैं।

अगर trust नहीं है, तो boundaries डर बन जाती हैं।

Example:

अगर boyfriend बाहर दोस्तों के साथ है और girlfriend का message आए— "Enjoy करो, बाद में call कर लेना" तो यह boundary + trust है।

लेकिन अगर message आए— "कहाँ हो? किसके साथ हो? Photo भेजो, live आओ।" तो यह ना trust है, ना love— ये insecurity है।

- Trust boundaries को मजबूत बनाता है। Insecurity boundaries को खतरा मानती है।

Boundaries emotional overload se बचाती हैं

हर इंसान की emotional capacity अलग होती है।

कुछ लोग अपने emotions express कर पाते हैं, कुछ लोग नहीं।

कुछ लोग जल्दी heal कर जाते हैं, कुछ को समय लगता है।

Boundaries इस बात को समझने में मदद करती हैं कि तुम्हारा partner कितना संभाल सकता है।

Example:

अगर एक दिन तुम बहुत emotional हो और सामने वाला बहुत stressed है, तो उसे भी breaking point होता है।

अगर तुम कहो— "कभी-कभी मैं खुद को संभाल लूँगा, तुम भी थोड़ा सांस ले लो।" यह boundary नहीं, Maturity है।

- Boundaries रिश्ते में बोझ नहीं पड़ने देतीं।

Boundaries "ownership" ko "partnership" में बदलती हैं

Love कभी ownership नहीं होता: "तुम मेरे हो। तुम ऐसा नहीं करोगे।" यह possessiveness है, प्यार नहीं।

Boundaries बताती हैं— "हम equal हैं। तुम भी इंसान हो। तुम्हारे भी dreams हैं। तुम्हारी भी जिंदगी है।"

Example:

अगर कोई boyfriend कहे— "तुम ऐसे कपड़े मत पहनो,

लोग देखेंगे।" तो यह boundary break है।

अगर वो कहे— "तुमहारी choice पर विश्वास है। Comfort से पहनना।"

तो यह respect + boundaries है।

- Boundaries relationship को rule-book नहीं, Partnership बनाती हैं।

Boundaries personal identity को बचाती हैं

कई रिश्तों में लोग इतना जकड़ जाते हैं कि वो खुद को खत्म कर देते हैं। उन्हें लगता है— "अगर मैं खुद जैसा रहूँ, तो वो मुझे छोड़ देगा।" यह सबसे toxic condition है। Love और boundaries साथ मिलकर Identity को बचाते हैं। Love कहता है— "मुझे तुम्हारे होने से फर्क पडता है।" Boundaries कहती हैं— "खुद को खोना मत।"

Example:

एक लड़की को painting का शौक था। रिश्ते में आने के बाद उसने time देना बंद कर दिया क्योंकि उसका partner insecure था। लेकिन जिस दिन उसने वापस अपनी painting को पकड़ा, उसे लगा वो फिर से खुद को मिल गई है।

- जिस रिश्ते में तुम खुद को खो दोगे, वो रिश्ता eventually तुम्हें तोड़ देगा।

Boundaries respect सिखाती हैं

Respect boundaries के बिना possible ही नहीं। क्योंकि boundaries limit बताती हैं कि क्या acceptable है और क्या नहीं।

अगर सामने वाला तुम्हारी limit समझता है— तो वो तुम्हारी इज़्ज़त करता है। अगर नहीं समझता— तो उसे सिर्फ तुम्हारा साथ चाहिए, तुम नहीं।

Example:

अगर लड़की कहे— "मुझे loud arguments पसंद नहीं,"

और लड़का फिर भी चिल्लाए— तो यह disrespect + boundary break है।

पर अगर लड़का कहे— "ठीक है baby, हम calmly बात करेंगे," तो यह love + respect है।

- Boundaries उन रेखाओं को दिखाती हैं जहाँ character का test होता है।

Boundaries fights को कम और understanding को ज़्यादा करती हैं

जब limits clear होती हैं, तो fights automatically कम हो जाती हैं। क्योंकि सामने वाला जानता है— क्या hurt करता है, क्या comfort देता है।

Example:

अगर partner को texting पसंद है, और दूसरे को calling— तो दोनों यह boundaries set कर सकते हैं— "चलो दिन में messages, और रात में call।"

बस— रिश्ता balance पर आ जाता है।

Boundaries clarity देकर peace लाती हैं।

Conclusion

Boundaries का मतलब दूर जाना नहीं... बल्कि खुद को और रिश्ते को sustain करना है।

Boundaries एक respectful रिश्ता बनाती हैं— जहाँ दो लोग अपने space, feelings, emotions और individuality को बराबरी से value देते हैं।

जहाँ boundaries नहीं होती, वहाँ control, expectation, domination और insecurity बढ़ती है।

जहाँ boundaries होती हैं, वहाँ love, trust, peace और connection बढ़ता है।

31

Financial Understanding - पार्टनर्स के बीच पैसों का असली बैलेंस

प्यार में लोग बहुत कुछ बात करते हैं— Feelings, care, dreams, promises... लेकिन "पैसे" पर बात करते ही रिश्तों में एक अजीब सी खामोशी छा जाती है।

क्यों?

क्योंकि पैसे का मुद्दा romantic नहीं लगता, पर सच ये है— पैसा प्यार को तोड़ता नहीं, पर पैसे की गलतफहमी ज़रूर रिश्ता तोड़ सकती है। शादी में दो लोग सिर्फ़ दिल नहीं जोड़ते, उनकी financial सोच, financial habits, कमाई और खर्च करने के तरीके भी जुड़ते हैं।

और अगर इन चीज़ों में clear understanding न हो— तो प्यार में दरारें पड़ने लगती हैं... बिना झगड़े, बिना आवाज़, बिना warning। Financial understanding एक रिश्ता बचाती भी है, और मजबूत भी बनाती है। क्योंकि जब दो लोग पैसों को लेकर एक टीम बन जाते हैं, तो

घर सिर्फ़ चलता नहीं— तरक्की करता है।

इस chapter में हम detail में समझेंगे— धन-संबंधी बातें रिश्ते को कैसे affect करती हैं? कैसे financial balance बनता है? कौन से misunderstandings सबसे dangerous हैं? और कैसे एक mature couple पैसे को लड़ाई नहीं, strength बना सकता है?

Paise par baat karna "selfish" नहीं— mature होना है

बहुत से couples सोचते हैं कि "पैसे के बारे में बात करना अच्छा नहीं लगता।"

पर सच्चाई ये है— जितनी जल्दी आप financial expectations clear कर देते हो, उतना ही कम future में chaos होता है। पैसे पर बात करना दो लोगों के बीच transparency बनाता है।

Example:

अगर लड़का कमाई की बात छिपाए और लड़की अपने खर्चे न बताए— तो धीरे-धीरे doubt पैदा होने लगता है।

पर अगर दोनों कहें— "ये मेरी income है, ये मेरी responsibilities हैं, और ये हम दोनों का खर्च है," तो रिश्ता खुद-ब-खुद stable हो जाता है।

- Financial बातचीत शर्म की नहीं, ज़रूरत और समझदारी की बात है।

Relationship ek team है— aur team mein paise ka role बराबरी का होता है

चाहे लड़का ज़्यादा कमाता हो या लड़की, रिश्ते में दोनों की value बराबर होती है। घर तब ही smooth चलता है जब दोनों एक team की तरह सोचें।

Example:

अगर लड़की कमाती नहीं, तो वो घर के काम, mental load, care और planning करती है— ये भी "contribution" है।

अगर लड़का कमाता है, तो वो घर के खर्च उठा रहा है— ये भी contribution है।

पर दोनों सोचें कि "मेरा ज्यादा, उसका कम"— यहीं से relationship में bitterness शुरू होती है।

- Team में "mine" या "yours" नहीं होता— सिर्फ ours होता है।

खर्च करने की आदतें अगर अलग हों, तो fight होना natural है

हर इंसान का spending pattern अलग होता है... कोई हर छोटी चीज़ पर सोचता है, कोई दिल खोलकर खर्च करता है। कोई savings में विश्वास रखता है, कोई "आज जी लो" philosophy पर जीता है। और जब दो अलग सोच वाले लोग शादी करते हैं, तो पैसा सबसे common लड़ाई बन जाता है।

Example:

अगर लड़की future का सोचकर पैसे बचाना चाहती है और लड़का हर weekend बाहर खर्च करना चाहता है— तो clash होना obvious है।

पर अगर दोनों बातचीत कर लें— "चलो 70% save, 30% enjoy," तो balance खुद बन जाता है।

- Spending में differences normal हैं— बस "मध्य रास्ता" ढूंढना ज़रूरी है।

Financial secrets किसी भी रिश्ते की सबसे बड़ी poison हैं

Paise se जुड़ा किसी भी तरह का secret— जैसे loan, debt, hidden expenses— सबसे dangerous होता है। क्योंकि financial lie, emotional betrayal जैसा feel होता है।

Example:

अगर लड़का छुपकर EMI ले ले, या लड़की किसी family पर पैसा खर्च करे और बताए नहीं— तो trust स्वाभाविक रूप से टूट सकता है।

- Money truths hurt less than money secrets. छुपाओ मत—बताओ। वरना रिश्ता silently टूटने लगता है।

Savings सिर्फ़ पैसा नहीं, रिश्ता सुरक्षित रखने की कवच है

जब घर में पैसे की कमी आती है, तो relationship में fights बढ़ जाती हैं। अनजाने में frustration और blame game शुरू हो जाता है।

इसलिए savings सिर्फ़ future नहीं, शांति बचाती है।

Example:

अगर अचानक घर में कोई emergency आ जाए, और दोनों prepared हों— तो वो stress उनका रिश्ता नहीं खाता।

- "Together saving is together growing."

शादी में आर्थिक भूमिका clear होनी चाहिए

रिश्ते में confusion नहीं होना चाहिए कि— कौन कौन सा खर्च देखेगा? कौन घर चलाएगा? कौन EMI देगा? कौन क्या responsibility उठाएगा?

Example:

लड़का loan दे रहा है, लड़की घर का खर्च चला रही है।

या दोनों 50-50 हर खर्च में दे रहे हैं। जो भी तरीका हो— बस clear होना चाहिए।

- Financial clarity = Emotional clarity

Relationship में paise का scorecard मत बनाओ

रिश्ता कोई हिसाब की कॉपी नहीं। अगर आप हर चीज़ note करते रहोगे— "मैंने ये दिया, मैंने ये खरीदा, मैंने ज्यादा लगाया"— तो प्यार गलने लगता है।

Example:

कभी कोई महंगा सामान buy कर दे, कभी कोई छोटे-छोटे खर्च संभाल ले— ये सब give-and-take natural है। पैसा अगर हिसाब बन जाए,तो रिश्ता business बन जाता है।

- पैसा count करो, लेकिन दिल मत count करो।

Financial support सिर्फ़ पैसे देने से नहीं, साथ खड़े रहने से भी होता है

कई बार support का मतलब मदद करना नहीं, साथ देना होता है। क्योंकि पैसा प्यार से ज्यादा नहीं होता।

इसका मतलब यह है कि किसी रिश्ते में पैसा देना ही सबकुछ नहीं होता। असली सपोर्ट तब माना जाता है जब आप सामने वाले के साथ खड़े रहते हो—उसके डर, उसकी जिम्मेदारियाँ, उसके decisions और उसके struggles में।

Example:

अगर partner की नौकरी चली जाए— तो उसे blame मत करो, उसे मोटिवेट करो।

अगर कोई नया business शुरू करना चाहे— तो डर मत दिखाओ, confidence दो।

- Emotional financial support, money से ज़्यादा powerful होता है।

Conclusion

पैसा रिश्ता नहीं बनाता, पर पैसा समझना, रिश्ता बेहतर बनाता है। Financial compatibility romantic नहीं लगती, पर बिना इसके प्यार टिकता नहीं।

जहाँ partner's money matters समझते हैं, वहाँ fights कम, respect ज़्यादा, और relationship stronger होता जाता है।

क्योंकि रिश्ते दो चीज़ों से चलते हैं— दिल से और दिमाग से। दिल प्यार समझता है, दिमाग पैसे का balance। और जब दोनों साथ हों— तभी रिश्ते की गाड़ी smooth चलती है।

याद रखिए

"प्यार दिल जोड़ता है, पर financial understanding घर जोड़ती है।"

Author Massage

प्यारे पाठकों,

इस किताब "रिश्तों की राहः प्यार, शादी और समझदारी" को लिखते समय मेरा उद्देश्य सिर्फ़ प्यार की बातें करना नहीं था, बल्कि रिश्तों की उस सच्चाई को सामने लाना था जिसे हम अक्सर नज़रअंदाज़ कर देते हैं। मैं चाहता था कि आप यह समझें कि रिश्ते सिर्फ़ भावनाओं से नहीं चलते, बल्कि समझ, सहनशीलता और एक-दूसरे का साथ निभाने की भावना से गहराते हैं।

मैंने अपनी ज़िंदगी और आसपास कई couples को देखा है—जिनकी शुरुआत बेहद romantic, exciting और almost perfect लगती थी। लेकिन जैसे ही शादी के बाद ज़िम्मेदारियाँ बढ़ीं, expectations बदलीं और communication कम हुआ, वैसे ही छोटी-छोटी बातें रिश्तों में दूरी और तनाव लाने लगीं। यही असली ज़िंदगी है। और यही वजह है कि रिश्तों को समझना, संभालना और समय-समय पर सहेजना बेहद ज़रूरी हो जाता है।

मेरा हमेशा यह मानना रहा है कि—
"जब दिल में सच्ची चाहत हो, तो सबसे मुश्किल रास्ते भी आसान हो जाते हैं।"

इस किताब के हर अध्याय में मैंने कोशिश की है कि आप अपने रिश्तों को और गहराई से महसूस करें, उनमें care, respect और support की मिठास घोल सकें। यह किताब आपको यह याद दिलाने के लिए है कि प्यार सिर्फ़ महसूस करने का नाम नहीं, बल्कि रोज़-रोज़ निभाने का चुनाव होता है।

और अगर कभी ऐसा लगे कि रिश्ते उलझ रहे हैं, बातें बिगड़ रही हैं या दिल थक गया है—तो बस इतना याद रखिए:

प्यार, समझदारी और थोड़ा सा धैर्य किसी भी रिश्ते को फिर से मजबूत बना सकता है।

आपका भरोसा और साथ ही इस किताब की असली ताक़त है।

— Ganesh Singh Kunwar

*? **Instagram ID:** Author_Ganeshkunward*

Important Notice: After reading the book, Please give feedback wherever you bought the book and on instagram.

My other book:

1. **The art of not overthinking (Hindi edition)**
2. **Risthon Ka Jhooth**

www.ingramcontent.com/pod-product-compliance
Lightning Source LLC
LaVergne TN
LVHW022219200926
848481LV00006B/2038
9798900232379